蜻蜓情怀

QINGTING QINGHUAI

邹克斯　著

团结出版社
UNITY PRESS

图书在版编目（CIP）数据

蜻蜓情怀 / 邹克斯著. -- 北京 ： 团结出版社，
2024.1
　ISBN 978-7-5234-0722-6

　Ⅰ．①蜻… Ⅱ．①邹… Ⅲ．①随笔－作品集－中国－
当代 Ⅳ．① I267.1

　中国国家版本馆 CIP 数据核字（2023）第 239764 号

出　版：团结出版社
　　　　（北京市东城区东皇城根南街84号　邮编：100006）
电　话：（010）65228880　65244790
网　址：http://www.tjpress.com
E-mail：65244790@163.com
经　销：全国新华书店
印　刷：武汉市卓源印务有限公司
装　订：武汉市卓源印务有限公司

开　本：142mm×210mm　32开
印　张：5.25
字　数：85千字
版　次：2024年1月　第1版
印　次：2024年1月　第1次印刷

书　号：978-7-5234-0722-6
定　价：68.00元

序言

　　我这本书名曰《蜻蜓情怀》，实际上都是些杂记之类的篇章。第七版《现代汉语词典》第 1626 页注释：杂记是指零碎的笔记，多用于书名或文章的标题，也是指记载风景、琐事、感想等的一种文体。

　　我的网名是"蜻蜓"。蜻蜓虽然是益虫，但成语"蜻蜓点水"却是由它的行为习性引申而来，用以形容学习和做事肤浅不深入。

　　我的这些杂记，是尽量本着以事议人、以人议事的原则写的，对我的子孙后代也许有某些教诲和勉励作

用,希望也能给朋友们和读者们一些生活的共鸣和启发。

拙书《荷塘诗词选》第111页收录了一首七律《蜻蜓自嘲》,现在我将它稍做修正如下,作为我这篇前言的补充:

蜻蜓自嘲

世间一只小飞虫,学识空空点水功。

风雨时摧轻薄翅,冰霜常匿病残翁。

晴柔挺立荷尖角,灾祸横来气数终。

无害蜻蜓非有用,未曾海燕怒涛冲!

首句仄起平收式。上平声【一东】韵

【荷尖角】见南宋诗人杨万里七言律绝《小池》:"泉眼无声惜细流,树阴照水爱晴柔。小荷才露尖尖角,早有蜻蜓立上头。"

【海燕】见第七版《现代汉语词典》第509页。又见苏联作家高尔基散文诗《海燕》。

邹克斯

2023年8月20日于星城金汇园

目录

书法心得

2005年8月8日

坚持不懈地习练书法，既是一种修身养性的高深情趣，也是一种文化艺术的高尚追求，最终能达到一定的水平。

有人说学画是哭着进去，笑着出来，而学书法则往往是笑着进去，哭着出来。在我看来，学书法只要是"硬"着头皮进去，就能"苦"着身心出来。

我习练书法的心得是，要好好掌握字体笔法、形法、章法的要点和关键：

笔法，是指书写毛笔字点画线条的方法和技巧。"笔法"，"用笔"，和"运笔"似是一回事，只是叙说的角度不同。同理"用笔特征"好像可称为"笔法特征"。"提"与"按"是笔法的重要技巧。书法要以用笔为上，其他技巧无非是"提"与"按"的演变和派生。有人说

"笔法"即用笔，要提按顿挫分明，要"点起"，"点收"，即要"提起"，"按收"。还说"毛笔字的点画线条都是'提'与'按'即'点起'与'点收'构成的。"

要强调的是毛笔字每个字体的笔画线条，其实都是由"提"和"按"即"点起"和"点收"，不断巧妙交替组合构成的。

形法，是指字体的结构。字体的"结构特点"也就是"形法特点"，只是叙说的角度不同，有的人将字体的"形法"直接称为"字法"。书写毛笔字要心静心正，切忌轻率。这样字体的结构才会合理，即字法才会漂亮。

章法，是指书法作品的布局和构图，又叫"分行布白"。书法作品"竖为行"，"横为列"。章法就是协调笔画、字形关系，处理笔画、字形矛盾的技巧。理顺章法的过程就是处理矛盾的过程。这是书写书法作品不可或缺的基本素养。

以上这些是我在实践中总结的关于书法的一些心得体会，而今我的书法水平多少有些提升，让我很有鼓舞感，心里还是很高兴的。

亲情两则

一、致发林堂弟并新云喜云堂侄信

发林堂弟并新云喜云侄：

你们好！新年好！年前我回乡为喜云侄婚庆志喜时，发林堂弟告诉我，现在邻居们有人议论："阳二爷三代之后又兴旺发达起来了！"阳二爷即祖父邹蔚阳，大概"一爷"是指祖父同母异父的老兄"陈水石"。这是个极好的评说。我们后一代人都应该记得祖宗，了解祖宗。因此，现将祖父邹蔚阳和祖母贺菊英的遗像翻拍放大寄给你们，希望你们在家中好好供奉祭拜，求祖宗永远保佑你们无灾无难。我希望你们永远勤奋向上，正直为人，兴旺发达，光宗耀祖，为祖宗争光！为乡邻们争光！为国争光！

寄给旺平堂弟的相册请你们转交给他。也希望祖父邹蔚阳、祖母贺菊英在天之灵永远保佑他们一家无灾无难，兴旺发达。瑞云堂兄那里，今日我已同时寄去祖父祖母遗像，同样希望祖父祖母永远保佑他一家人无灾无难，兴旺发达。邮件妥收并给旺平堂弟转交相册之后，请回个电话给我。

旺平堂弟也年过40岁了吧？瑞云、旺平、发林和我，共四堂兄弟，从现在起更要好好地教育自己的后一代，为祖父阳二爷和祖母贺菊英争光！为乡邻们争光！为国争光！

我这里一切尚好。我的身体也恢复得较好，请不要挂念。你们自己要多保重。

即此祝好。

克斯　笔

2006年2月10日下午5时

又及：家庆60寿庆的照片，待日后得闲时面交芝娥妹和玉德弟、冬凤妹。自去年10月7日起至本月上旬各类照片的拍摄、冲印、扩印、加印、邮寄等费用总共已达千元。至此，家庆花甲寿庆和春节活动可落下帷幕矣。

二、致岳四叔岳四婶信（并抄寄岳姑父岳姑母）

四叔四婶：

新年好！2006 年 1 月 13 日家庆 60 岁寿庆，家驹内兄特于 2005 年 12 月 14 日赶来长沙庆贺。其间，我于 2005 年 12 月 19 日与家驹内兄去醴陵看望了家龙内兄和家成内弟。1 月 13 日他们四兄妹，家驹、家龙、家庆、家成在长沙的聚会，是二十多年来几人难得相聚机会。家驹兄与家龙兄僵持数年之久的关系得以修复，我甚为高兴。兹将这期间的有关影照寄给你们二老一看。专此敬祝你们新年吉祥安康，万事如意，福寿绵延！

家庆附笔祝福问好！

侄婿　克斯

2006 年 2 月 10 日下午

又及：今天已分别给家驹兄、家龙兄、家成弟寄去了家庆 60 岁寿庆有关照片。至此家庆花甲寿庆和春节活动可落下帷幕矣。

婚恋问题

2006年2月25日

今天读了《文萃》报2006年2月23日—26日（总第1406期）第九版两篇写得很好的短文。一篇是《夫妻争吵容易走极端》，另一篇是《说好第一句话》。

这两篇短文不仅对有过相关体验的"过来人"非常有用，而且对那些缺乏相关体验的后代更有用。第二篇短文《说好第一句话》可能更有意义。

第一篇短文中说到的"争吵"现象，以偏概全，以小代大而致"极端"，多数情况下还是没有"说好第一句话"的问题，是心理素养方面的问题。说好了第一句话，避免了矛盾冲突，不就什么"争吵""极端"也没有了吗？可见健康的心理状态、说话的艺术多么重要，而《说好第一句话》讲的就是说话的艺术。

第一篇短文《夫妻争吵容易走极端》谈到的各个问

题很精细，也非常值得我们深思。如：夫妻之间要乐于交流、善于交流；夫妻之间各自都要清楚自己的缺陷和看清自己对家庭的付出与亏欠；夫妻之间"当对方没达到自己预期行为感到不平衡"的时候，要看到"每个人都有自己的优点和缺点"；夫妻之间欲改变别人，首先要改变自己。这些都是处理婚恋亲情的诀窍，属于心理素养、文化素质范畴的问题。

我从这两篇短文中看到的各个问题，听起来好像很容易解决，但真正处理起来难之又难，可是应该做好，也必须做好。希望我的子孙们也要好好听取这些宝贵的教诲，组建自己美好幸福的家庭。家庭稳定，才好干一番事业。一个人只有组建了自己美满幸福的家庭，才能更好地开创自己雄伟的事业，为国争光，为祖国做贡献！

关爱问题

《文萃》报2007年8月15日第12版（总第1558期）《把时光先留给自己》一文，很值得深思。

这其实是一段谈论对个人健康应有认识的话。我很赞赏其中那两句："心血管病是一种生活方式病。"和"把时间先留给自己"。我认为这第二句话，并非"唯我主义""活命哲学"，而是提醒人们要把锻炼身体、养生保健放在最重要的位置、最高的位置，也就是要具备"身体是革命的本钱"这个意识。否则所谓事业有成、报效祖国、对父母对家庭尽孝尽义，等等，都将是一句空话、废话。

另外，读了《文萃》报2007年7月26日第九版（总第1553期）《爱要具备的四种品质》一文（该文摘自2007年7月4日《新民晚报》），我也想评说一下。

《爱要具备的四种品质》一文指出，"爱"的四种宝贵品质是："忠诚、责任、尊敬、宽恕。"

记得以前我在日记中写过，我曾要求长子健健和次子康康两个儿子对待爱情、婚姻时要有责任心。因为我信奉外国某一位名人的一句话："爱情就是一种责任！"好像是 20 多年前在某一期《读者》半月刊上看到的这句话，我记得是一个体育明星说的话。现在看来爱情、婚姻单有责任心还是很不够的，而《文萃》报中那个其貌不扬的年轻男子概括的关于爱的四种品质太精确、太全面了，所以我一看到这篇短文，心中一惊，马上就把它剪下来了。

我自认为，我对老伴家庆，"忠诚、责任、宽容"做得不错，只有"尊重"那一条还远远不够。这是由我那种刚烈、生硬的性格和臭脾气决定的。可老伴家庆每次都大度地宽恕了我。

"江山易改，本性难移"，我很愧疚。我这臭脾气该认真改一改了，尤其是到了晚年。老伴老伴嘛，哪能自己到老了，还不尊重老伴！

今日这篇杂记，我在 2007 年 3 月 31 日题为《也谈我自己的可叹可恨》日记中也有记载。

有舍有得

查了一下练习记录，至昨天已有整整40天没动笔墨练习毛笔字了。这是近几年中少有的情况。

一是忙于处理朝阳老宅拆迁的事；二是近段时间气候太反常，酷热难耐，居住在长鑫宅那20天左右更难受，无法执笔写字；三是近段时间外面纷纷传言八中与周南中学合并的事，也无心练字。

昨天早晨我在想，关于八中与周南中学合并的事，担忧也无用，干脆不要去想它了，舍得也是一种生活哲理。要失去的必然会失去，听天由命，随遇而安吧。此为有所舍。

于是从昨天上午起，我又练起毛笔字来了。一拿起笔来练字，心情就舒畅多了。可见练书法也确是一种"安神静气"的好手段。此为有所得。

本人闲时也学篆刻，在 2007 年 12 月 5 日下午，我用了两个小时篆刻了一枚白文闲章"寿"字。2007 年 12 月 17 日夜 9 时至 11 时，又用了两个多小时篆刻了名为"克斯"的白文名章一枚。因不满意，12 月 27 日重刻了一枚。12 月 25 日晚用了一个半小时篆刻了白文闲章"乐在其中"一枚。昨晚 10 时半之前又篆刻成朱文闲章"学书"一枚。

学篆刻很容易消磨时光，且能练手劲，健脑，磨炼性情，难怪国务院原副总理李岚清同志将他的篆刻专著定名为《原来篆刻这么有趣》。

已将朱文"学书"闲章钤印扫描收藏。不过有所取，必有所舍，"鱼和熊掌不可兼得"。我若要学好书法，就不可能同时下大功夫去学书法篆刻，而且视力也不行了。今后只能在习练书法疲劳时，当作精神调剂偶尔玩一玩篆刻。在习练书法的活动中，也要信守舍得的生活哲理。

2007 年 12 月 1 日（周六）由长子健健驾车搭载我和老伴家庆及次子康康共四人，赴醴陵庆贺妻弟家成 60 寿。

2007 年 12 月 4 日在妻弟家成 60 寿宴上，妻嫂的长女梅莉告诉我们，她妈妈文祁今年农历十二月十九日

（公历 2008 年 1 月 26 日，周六）也要满 60 岁了，并邀请我们届时赴寿宴。所以 2007 年 12 月 5 日下午，我为妻嫂文祁书写了两幅寿庆字幅，准备第二天拿去裱装，遂将篆刻的白文闲章"寿"字，钤印在给妻嫂文祁所书写的两幅寿庆字上，这是此闲章第一次派上用场。

几个人生问题

今天早晨醒得很早，想了好几个人生问题。觉得很重要，记录于下：

（1）有种说法是"人生就是一个过程。"这个说法比较客观，我印象很深刻。杜甫五言古诗《梦李白二首》"千秋万岁名，寂寞身后事"，也许说透了这个道理。一个人在宇宙历史长河中只有短短的一个过程，作用和影响都是有限的，更不可能得到宇宙历史长河中所有的好处。一旦有了这种认识，人生就会过得从容淡定、质朴、实在，不会总陷入失落、不平和郁闷之中，为人处世就会尽力而为，无悔无怨。

（2）晚年是人生的最后一程。人到晚年，已是弱势群体，老弱病残，岁月无多。往往是"泥菩萨过河，自身难保"，只是努力地走完人生的最后一程。他们往往是如何健康长寿就如何生活，如何舒适就如何过，顾不上他人和琐事。这是老年人的悲哀和无奈，他人应该理解和宽容。而老年人自己也不要为此过意不去，不要为自己加压。只要能尽量自理，不增加子孙和他人的负担，就是最好的事。这是老年人晚年生活应有的心态。

（3）有些人的有些表现可能使你很不顺眼，很生气；有些人甚至有意无意地伤害过你，使你耿耿于怀。大千世界什么人都会有，碰到几个这样的人没有什么好奇怪和气愤的。那种人本来就是这个样子，这种素质。人有各有各的活法，各人有各人的为人准则，你不可能改变一个人。跟这种人生气不值得，与他较劲不会有什么用，让他自己在现实生活中去碰壁、去领教吧！也就是说如果使用一下阿Q式的精神胜利法，就会释然、泰然、忘怀、忘却，否则会不利于身心健康。

（4）看到同龄人，比如同学、同事比自己有成就，比自己成功，很多人往往会有些心理不平衡，怨天尤人。这种心态肯定不健康。如何克服这种心态呢？"人生就是一个过程。"我想，首先，要认识到从客观方面来讲，一个人成功与否，有无成就，确确实实与他的家庭环境、社会背景、天分才能、个人遭遇密不可分，要承认客观存在的作用。其次，从主观方面来说，要认真想一想，回顾一下在一切不幸遭遇中，自己是否沉沦、颓废，甚至消极放弃。这是说要检查一下自己是否充分发挥了主观能动作用。只要自己尽力而为了，没有沉沦、颓废、消极放弃，这个人生的过程就走得有意义，就没白过，就应该无悔无怨。再次，要认识到人无完人，事无完美。人不可能样样优秀，也不可能好处得尽。即使伟人，他们也不可能没有人生缺憾。你可以认真想一想，你的人生中是否也有一些令你欣慰，使你满足的东西或事情，如工作条件、生活状态、爱情、婚姻、家庭子女、经济能力、健康寿命，等等。如果这些方面，你有某一方面比别人强，你就该感到满足、庆幸。记得去年9月23日左右师院同学聚会时，刘遵干同学说："我这一辈子过得平平庸庸，没什么成就，但有一点我很欣慰，就是从没犯过什么错误受处分！"他能过得这样安稳平静，就是一种幸福，就是一种乐趣。只要能做到以上三点，那种不健康的心态就能克服。当然这也近似阿Q的精神胜利法。

（5）其实，《文萃》报2007年8月15日第12版（总第1558期）《把时光先留给自己》（系国外伊格纳罗所言）一文谈论的就是对个人健康应有的认识。改变

生活习惯，能防治心血管等许多疾病，于国于家于己都有利。养生保健工作，就是要首先从个人生活习惯做起。

以上五条实际上都是人生哲理和养生保健法。

既来之，则安之

2007年8月29日

　　自8月28日早晨送孙女扬阳去幼儿园起，后脑壳特别是左后脑壳昏沉晕眩，右脚麻木，行走无力，不听使唤，至下午更甚，再依据近来记忆力明显衰退的症状，我知道这可能是年前在湘雅住院时被诊断的"多发性腔隙性脑梗死"发作，系"脑缺血"明显症状，情势危急。随即使用长子健健2007年6月2日为我购买的"氧立得"吸氧器，并配合卧床静养休息，于今晨有好转。我知道这大概是因上个月在朝阳二村准备拆迁老宅，多日在酷暑中清点行包，劳累过度和昨早习练太极拳剑过度所致，今后应该留神了！为巩固疗效，今天早晨送孙女扬阳去幼儿园回来时，到芝林药店买了五盒惠州产"脑安君Tm脑络通胶囊"，共142元，一个月的疗程，不知效果如何。反正今天下午感觉好多了，又开始练习写毛笔字了。昨天下午症状严重时，打算去住院治疗，但是考虑孙女扬阳的外婆今天要去省人民医院住院做胆结石手术，如我也去住院必定要打乱家中许多安排，导致孙女扬阳和孙子嘉玮的照料难于解决，且考虑去住院无非是注射和服用"脑络通"之类的药物或吸氧气，于是也就作罢了。好在今天早晨开始，特别是午后，症状好多了。看来多种凶恶的病魔都缠上了我，不肯放过我，但我泰然处之。一方面积极采取措施治疗，该服用的药我都服用了；另一方面该做的事我都做了，而且该完成的事都完成了。这就是我现在对病魔所持的态度：既来之，则安之。

9月22日上午例行去市一医院高血压特殊门诊取药，曾向该院神经内科（七病室）柳四新主任咨询我8月28日的病情（见2007年8月29日记）。他给我做了一些肢体检测和分析，提醒我仍要"小心中风"，嘱咐我住院调理一下，并当即给我开了住院证，但我当时自己感觉身体无明显不适，遂没有住院。没想到今早起来，我又突然感到晕眩得厉害，右脚不听使唤。看来忙完芝娥60寿之后，我非住院调理一下不可了。

关于书法

2007年8月31日

今天反复研读了《走近汪国真》一文，我很有感慨。

这个汪国真是个何许人物，以前我不甚了解，只知道大概是个已经很有成就的诗人。读了《走近汪国真》之后，知道他自"1993年开始练字"，而今已"成为书法家"他的这一经历使我很敬佩。

"世上无难事，只要肯攀登。"汪国真是"因为字不好成为书法家"的，我是因为自己字写得丑，立志练毛笔字的。可惜我常常以家务事重、要照顾第三代身不由己以及病痛缠身等借口原谅自己，以致书法水平长进不大。

我还特别仰慕两个人，一个是70岁开始学篆刻的国务院原副总理李岚清同志，另一个是70岁开始学国画，以画牛著称的原湖南省委书记熊清泉。今后我要好好向上面说到的他们学习，坚持习练书法，持之以恒。一分耕耘，一分收获。

上面说到的三个人，都是著名人物。他们工作很忙，学练字、学篆刻、学画画，经历的困难一定比我多，压力比我大，年龄也可能都比我大，但他们都获得了显著成绩，惊人成果，令人崇敬。我应该学习他们那种惊人的毅力和高贵的进取精神！

我还反复研读过《启功拒称书法大师》一文，感悟到临摹碑帖的一些技巧，苦练用笔时，要"一笔一画地琢磨，如何转变，如何点撇"，找到用笔的办法；苦练结字时，要找出字的重心在哪，结字的规律是什么。一般来说汉字结字的规律是"先紧后松，左紧后松，内紧外松"。

我觉得第一条关于"如何转变"更难领会和操作，因而更重要。今后我要好好地按照启功先生说的去做，痛下决心把毛笔字习练好！

齐白石老人"一息尚存书要读"和"六十图变革"的进取精神，是我学练字的一大支柱和动力，今天就不多说了。

别号"烛翁"

2007年9月23日

今天早晨约5时，我靠在枕头上突然想到一件事，今后可以给自己起个别号"烛翁"。

我是师范学校毕业的，搞了一辈子教育工作。1962年大学一年一期时，我根据《现代文选习作》课曾铭修讲师的布置，写过一篇抒情散文，自题为《蜡烛颂》。歌颂的是教师像蜡烛一样燃烧自己，照亮别人的职业精神，获得曾铭修讲师的赞扬。我的另一篇作品，文学评论《民歌〈我来了〉试析》，还被曾铭修讲师选定印刷为中文系《现代文选习作》课的教材，在课堂上公开宣讲。这种对我的认可的惊喜，更增强了我对教师的尊敬之情。

需要说明的是，我虽然在青少年时期辍学过，去当工人，业余搞文学创作的梦想，但参加教育工作之后一直努力践行"蜡烛"的精神，自感问心无愧。

如今我已是 66 岁，退休数载，风烛残年，来日无多矣。假如能活到 70 岁，也只有三四年啦！但我对许多教过的学生，还时常牵挂思念，常常在梦中见到他们，可以称得上是"春蚕到死丝方尽，蜡炬成灰泪始干"。

所以我想假如以后要写诗词或书写字幅给同窗、同事、好友，落款署名就可写作"烛翁"，以博一笑。

机遇和努力三件大事

2007年11月8日

晚年梦多,最近两年梦更多,夜夜睡不好。常常梦见我人生中经历的三件大事:高考、择偶、调动。即:考取大学,为国效力;选择伴侣,组建家庭;申请调回星城工作,照顾年老病弱的父母。

这三件事,充满着变数,风险很大,都是我所急切希望解决、实现的事情。直到如今我还记得经历这三大事件时的烦闷心情,和所出现的种种意想不到的曲折情景。这充分说明这三大事件是我人生经历中的严峻考验,是刻骨铭心的回忆。

幸运的是我能审时度势,权衡利弊,最终以坚忍不拔的毅力成功地闯过了这三大人生考验关卡,所以现在我才有比较满意的晚年生活。特此记录,因为这也是人生的一种宝贵财富。

　　要特别说明的是：客观机遇和个人努力，是一切事情能够顺利成功的保证。我之所以能较成功地闯过这三大人生考验关，是因为我生活在极好的社会时代，具有良好的客观条件。并且我充分发挥了主观能动性，内因通过外因而成功的。假若没有一定的客观条件（即外因），我也是难以成功的。

再说书法

2007年12月9日

    2007年12月2日，老伴家庆为我裁剪了《大众卫生报》上的一则短文——《练书法使他长命百岁》（具体日期和版面待查）。这篇文章作者王子恕老师说的写字时要注意的事项，写字的健身功能，写字看书、看电视的时间分配，老年人排遣"孤独"的重要性和方法，特别是关于"写字时要'不涂鸦'，而是要认真思维，进入状态'"，等等，都很值得研读。此足见老伴家庆对我习练书法的支持和关心，甚为感谢。习练书法益寿，今又得一证，家庆更深信无疑。

    诚如启功先生引用苏东坡语所言："'凡作书，胸中当先有一天大的字。'这样写起来才不会着眼于一笔一画的形似，而会去追求整个字的神似、神美。"

    写字时不仅要悬腕，还应悬肘，且应抱腕。记得

"抱腕"之说，启功先生似乎在另外一本书中也特别提到过，有待查证补记。上海画报出版社 1995 年 11 月第一版，1997 年 3 月第二次印刷的《少年儿童美术技法丛书·书法篆刻》封面上那个女孩执笔写"书"字的图片似乎是"抱腕"姿势。我虽然体会到了写字时悬腕悬肘才能提按自如，中锋行笔，但以前在习练书法时基本上只做到了悬腕，未能很好悬肘，更未做到"抱腕"，所以"提按"老是掌握不好，"中锋行笔"也很不行，只有在写榜书时稍微好一点。

像启功先生所说，写行书也要像写楷书一样，一笔一画认真地去写，"慢笔临写"。"写得不像不要紧，重要的是要掌握方法"。齐白石的画和字都算得上是有高超技艺了，但据说他画起画来和写起字来总是一笔一画地行笔，一点都不图快，认真得很！

很多书法辅导著作都说：行笔要笔笔中锋；藏锋或露锋入笔后要立即转为中锋行笔。这都说得很对，我也记住了，可就是做不好。原来还是在"立即转为中锋行笔"时，没有做到在悬腕、悬肘的同时"抱腕"。这两天我试着运笔时"抱腕"，感觉好多了。当然悬腕悬肘还要抱腕，比较累，字也写得慢些，但字的效果好多了。

年龄文化历史

2008年3月30日

读了《作家文摘》2008年3月7日第14版《"牧马人"人到中年》一文，感觉很值得玩味和领悟。

25年前的电影《牧马人》主要演员丛珊说："年龄也是文化和历史"，是指每个人都有自己的生活习惯和教养，都有自己的经历和故事。丛珊这句话说得有道理，它从一个侧面反映了社会的习俗风貌、历史和发展，所以说："年龄也是文化和历史。"

比如说槐舅今年已80岁了，在他身上就有他独特的文化和历史。别人不太关注，而我却特别看重他身上的这些东西。

我曾说过，每个人都是一本书，每个人一生的经历和故事，都可以写成一本书。以槐舅的年龄为题材，就可以写一部长篇小说。写他的年龄增长的过程，就是写他的文化和历史，应该是具有启迪意义的。

读书看报说

　　记得报刊登载过央视著名主持人白岩松的一句名言："不读书看报就是找死。"这个"死"，应该是事业或仕途的死亡。白岩松说的"读书"，应该不只是指在学校接受教育，而主要是指一个人走出学校后，在谋生发展时坚持挤时间看书读报。

　　《文萃》报2008年4月21日（总第1628期第3版）刊登的《许多人百读不厌的一本书——〈沉思录〉》，即可印证白岩松的这句名言。

　　关于读书的重要性，曾国藩在家训中，就有以下说法："穷不读书，穷根难断。富不读书，富不长久。读书，起家之本。"

　　世上一切名人伟人几乎都嗜好读书，爱读书。只是读书的方式、读书的种类、读书的多少、读书的成效有所不同而已。

　　但有一条是肯定的：一个人若想发展，有所成就，就一定要读书。且要有所选择地读，挤时间读，坚持读，反复读，日积月累，才有所成。

要为他人活着

2008年5月31日

　　我和老伴梅家庆在湖南夕阳红旅行社组织的大连—济南10日游时，于2008年5月31在由济南开往广州的T179次列车上，结识了一位《湖南日报》退休的年已75岁、戴眼镜的女游伴，她非常和蔼可亲。

　　这位老奶奶退休前历经磨难，双亲早早去世，老伴在2004年也因肺癌去世了。她退休后孤身一人，身体却硬朗。难得的是她的心态也一直很好。

　　她说："前大半辈子是上有老，下有小，一天到晚，一年到头忙不完。完全是为社会、为父母、为儿女、为他人活着。现在退休了，还是要坚持为他人活着。自己活得好，没有病痛，不需要拖累儿女，也就是为亲人活着，为他人活着。所以这次快快乐乐地出来旅游了，很开心。"

我听了这位老奶奶的这一番话，顿时觉得这也不失为一种豁达的生活状态。可惜忘了这位老奶奶姓甚名谁，似乎姓黄。

记得央视《夕阳红》专栏主持人张悦约在2002年3月14日主持节目时，曾慨叹一些老人是"60岁以前用生命争一切，60岁以后用一切保生命。"张悦这番话是在提示，心态好，心态健康的人，退休前和退休后都在为他人活着。

上面这位老奶奶所说的："今后还是要坚持为他人活着"，与张悦的慨叹实为异曲同工。

深深的期望

2008年7月14日

期望，指对未来的事物或人的前途有所希望和等待。见第七版《现代汉语词典》第1021页。对我的两个儿子，我和老伴家庆一直怀着深深的期望。

2008年7月4日上午，家庆在电话中告诉我，次子康康于昨日已在南航参加入党宣誓，宣誓的共有六人。我的一个牵挂总算放下心来了。

康康今年已满35岁，终于也成为一名共产党人。与我相比，康康是幸运的，我是40岁时才成为一名共产党员。

值得骄傲和自豪的是，现在我们父子三人都已是共产党员，而长子健健和长媳尹宁，次子康康和二儿媳李伟，夫妻双双都是共产党人员。现在，我们一家真的可以说得上是"共产党员之家"了。

2008年7月12日和13日，我和老伴家庆在次子康康的住处长鑫宅度双休日，恰好他轮休在家。12号那天午饭后，老伴家庆偶然发现康康头上已隐隐露出白发，问他什么时候有的，康康回答说："早就有了！"昨天下午长子健健带孙女扬阳到长鑫宅看望老伴家庆，并在康康住处长鑫宅吃晚饭。我告诉健健说："康康已有白发。"没想到健健说："我早就有白发了，没事！"

我的两个儿子，一个今年37岁，一个才35岁，却均已"早生华发"。我这辈子是够坎坷和辛劳的了，记得我是到45岁左右才有白发的，而他们兄弟俩现在就有了，比我整整早了10年。这都是他俩的工作压力太大，家庭负担太重所致。

2008年7月14日早晨，我从长子健健侯家塘的住宅，将孙女扬阳送到幼儿园后，与住在康康长鑫宅照顾孙子嘉玮的老伴家庆通电话，劝导她说："心情要开朗些，不要为两个儿子早生华发忧虑。只要我们俩能健康安好，帮两个儿子照顾好孙女孙子，帮两个儿子处理好家庭生活，两个儿子就能争取为国家多做贡献，我们的晚年也就会更感到幸福美满！"

但愿我们老两口对两个儿子的心意和期望，他们今后能深深体会到。

新邵行

2008年8月13日

　　长子健健去年5月去新邵县税务局挂职锻炼，到明年5月才能回来，我很想到他挂职的地方看看他工作的情景。

　　8月8日，周五，上午10时左右，我和老伴家庆乘车带着孙女扬阳去新邵，并到新邵有关景区游览，同行有聘请的孙女陪护姐姐小马。我们于下午1点半左右到达新邵县税务局，共三个多小时。我到达该局的第一感觉是：长子健健每次开车回长沙探望一家老小，往返一趟，长途跋涉颠簸，真够劳累的，难为他了。

　　为了事业，长子健健确实在拼搏。好在他青春勃发，暂时体力和精力还支撑得起，长此以往，不知他日后状况会如何。

　　我们家族人员患心血管病的人很多，患胃病和肝病的人也不少。他身体若长期如此透支，难免也会出现心血管病、胃病和肝病。然而我的两个儿子健健和康康如今能这样完好地秉承祖辈诚实为人、忠诚事业的品行，也使我感到非常欣然！

以下是这次新邵行的具体行程：

2008年8月8日，周五，晴。下午约1点半到达新邵县税务局。午餐在该局对面酒家用餐，饭后观光该局并在健健住房午休。傍晚6时半左右到达邵阳地区新宁县城，入住军林宾馆508、509号房间。夜看电视北京奥运开幕式。之后直到返回长沙，均为长子健健为我们自驾车辆出行。

2008年8月9日，周六，晴。上午游览新宁县崀山旧称"牛鼻寨"的天一巷、辣椒峰和骆驼峰。午餐在两峰附近的"静卢士老口味店"用餐。因昨夜在军林宾馆洗澡时，开始房间水不热，老伴家庆感冒了，今日上午登"天一巷"时，长子健健恐其体力不支，是让其坐轿子上去的。而六岁的小孙女扬阳上下"天一巷"都是快快乐乐徒步行走的，表现真好！下午在军林宾馆休息，看奥运节目。晚餐在新宁县城丹霞宾馆用餐，夜宿军林宾馆，看奥运节目。

2008年8月10日，周日，晴。上午游览新宁县崀山景区"八角寨",一家五人均是骑马上去的。因是骑马,孙女扬阳最开心。平日她就爱骑马,无论木马还是活马。下山靠步行,800多米,很陡,崎岖弯转,六岁的孙女扬阳表现甚为出色。午餐在军林宾馆用餐。下午7时到达武冈县城,入住凌云大酒店并用晚餐。

2008年8月11日,周一,晴。上午游览武冈市云山国家森林公园。该山海拔1300多米,乘中巴车上山,从另一侧徒步下山。小孙女扬阳的表现一如既往的出色。我们大人经历了两天的攀登和徒步下山,都深感两腿酸痛僵硬,而她从未喊一声脚痛,喊一声累,总是那么快快乐乐的。我高兴得称她为"女英雄"。中午在山下水库附近一农家乐山庄就餐。下午4时50分到邵阳市。

早就听说我在湖南师院求学时高三的学长王琪学兄病重,我这次新邵行的另一目的是探望王琪学兄。

下午4时50分至5时30分由长子健健驾车,到达旧称"邵阳师专"的邵阳学院艺术系教学楼。王琪学兄肾衰竭,每周血透,身体状况不太好。我历来敬仰他的书法,看到他住宅房间和走廊悬挂着他自书的精妙匾额,想到他的身体状况,叹息之情油然而生。

傍晚6时半到达新邵县白云岩度假酒店就餐并住宿，住3019、3021房间。长子健健告诉我，此店距离新邵县城税务局有一个小时的车程，顺延到他去年5月下放锻炼的龙溪铺税务所也有一个小时的车程。那时他从龙溪铺回一次长沙，汽车一个单程至少要走四个小时，一个往返就是八个小时。这更加深了我的感慨：健儿回一次长沙探望家人，多辛苦啊！

2008年8月12日，周二，晴。上午游览新邵县白水洞景区"白龙洞"和"水帘洞瀑布"等景点。孙女扬阳在"水帘洞瀑布"下的溪水沟里捉得一只螃蟹，准备带回长沙喂养。午餐在山下"白水洞饭店"用餐。

中午在新邵县城"锦江宾馆"钟点房午睡。下午5时左右开始返回长沙，在原湘潭钢铁厂对面，湘潭雨湖公园江边鱼馆店用晚餐。晚10时平安顺利地回到长沙侯家塘宅，前后五天的"新邵行"就此结束。

我们在锦江宾馆午睡时，即下午1时至4时半左右，长子健健回新邵县城税务局参与正副科级干部选拔考察活动，下午5时又亲自驾车送我们回长沙。之后他税务系统计统专业的培训工作，大概会有好几天。由此一斑即可看出他的辛劳了，我不禁感慨不已。好在他现在还年轻，也应该勤奋辛劳，努力进取。

劳累而快乐

2008年9月15日

2008年7月26日，周六。孙子嘉玮已于长沙市曙光路口颐美园第二幼儿园毕业。该园当日在窑岭湖南花鼓剧院举行毕业会演。他的爸爸妈妈康康和李玮，以及我和老伴家庆都去看了嘉玮的表演，深为该园在演出中洋溢的师生情所感动。

演到最后一个节目时，嘉玮和许多小朋友都哭起来了。女孩子们哭得更厉害，对他们亲爱的老师依依不舍。老师们也哭了。

从张莉老师那天演出前的致辞中，我可以深深感受到，她对所带班级的孩子的深情厚谊，依依不舍。在演出过程中，她时时声音哽咽，泪流满面。

孙子嘉玮是2005年秋入幼儿园的，比孙女扬阳少上了一年幼儿园。这个年轻的女老师张莉，带了嘉玮整整三年。我多次到嘉玮幼儿园见过这个张莉老师，她对嘉玮非常好。我非常感谢张老师三年来对我的孙子嘉玮的关照。演出后我登上舞台，也声音哽咽，热泪盈眶地向张老师表示了深深的谢意，我很难忘记她。

孙女扬阳是 2004 年秋入幼儿园的，整整有四年。今日下午孙女扬阳幼儿园也放假了，我已将扬阳的有关物品领取回来。从今天起，扬阳从幼儿园毕业了。

四年的时间说短也短，一眨眼就过去了。不知不觉孙女扬阳从一个牙牙学语的两岁半小女孩已成长为六岁半的大女孩，就要上小学了。

说长吧，四年的时间也确实漫长难熬。在这四年中，我日渐衰老，多种病痛缠身，白发已密布满头。每日接送扬阳上幼儿园，日晒雨淋，冰雪无阻，穿越马路，提心吊胆，实在已身心疲惫。现在扬阳终于幼儿园毕业了，很快将进入育新小学读书了，我终于可以稍微松一口气，免去每日往返奔波接送扬阳之苦了。

三年来家庆接送孙子嘉玮的艰苦和衰老不但与我是完全相同，且比我更甚。因为除了每天接送嘉玮上幼儿园，她还要负责采购、准备饭菜。

更艰难的日子还在后面。孙女扬阳孙子嘉玮上小学后，我和老伴还需要着力辅导他们的学习和体育娱乐活动。这种费力费时的事，辛劳是可想而知的。所以老伴家庆日后只会比接送嘉玮上幼儿园时更辛苦劳累。

我和老伴家庆退休后仍然是在岗育人，只是在培育自家的孙子孙女。退而未休，责任使然也。完全是自发自愿，心甘情愿。苦而有乐，天伦之乐也。

无奈的是身体都已日渐衰弱。但愿老天保佑，能让我们继续为子孙尽点心意。两个儿子正当中年，处在奋进拼搏创事业的艰难时期，也需要我们继续为他们分担一点重任。

2008年9月1日，星期一，晴。孙女扬阳和孙子嘉玮今日开始上小学。8月29日新生报到，今天正式上课，我到他们就读的两个学校分别看了看，感慨良多。

孙子嘉玮上的小学是桂花村小学，路程较远，要横穿马路，早晚仍需接送，中午也需接送，不像在幼儿园，中午不需接送。以后老伴家庆接送孙子嘉玮，一天之内需要往学校跑三个来回，六个单程，还要准备午饭，午睡时间会被占用，放学后还得辅导嘉玮的功课，会更累更苦，真担忧她的身体能否撑得住。但愿她学会凡事悠着点，学会随时调整和平衡心态，学会保养自己。

孙女扬阳上的小学育新小学紧邻长子健健侯家塘住宅一侧，中午也要接送，不会像上幼儿园一样中午不用接送。这样我就基本上没有午睡时间了。下午孙女扬阳放学后我也要辅导她做功课，不会有时间习练书法、习练太极拳剑和看书读报了。我的问题是要合理调整作息时间。只能将习练书法改在上午，习练太极拳剑的时间改在就寝前，而将看书读报改在下午和夜间的零碎时间进行。

人只能随时调整自己去适应环境，适应变化，随遇而安。这样才能生存，才会健康，才能有所作为。

当然要调整自己的作息时间，改变自己的生物钟，很不容易。但为了子孙后代，必须有决心、有毅力去调整、去适应。过去的努力不能放弃，新的情况要努力去适应，这才是积极乐观的人生态度。

人在任何艰难困苦的情况下，都要努力使自己健康生存，快乐发展，坚持有所作为。这是我从许多受过磨难，吃过苦头，仍健康有为的老一辈革命家、知名人士的经历中悟出的一点人生道理。

2008 年 9 月 12 日，星期五，晴。孙女扬阳和孙子嘉玮今年下学期都已上小学了，今后他俩的学习方法和努力方向、奋斗目标，都是至关重要的问题。

今天我看了《文萃》周刊 2008 年 9 月 11 日（总第 1675 期）第 10 版的两篇文章，很受启迪和鼓舞。

一篇是摘自江西科学技术出版社的《改变孩子命运的学习方法》，文章说："高考状元超静觉高效听课法，一是要每天坚持累计不少于 1 小时中等强度的体育锻炼时间，每天保持课间 10 分钟彻底放松休息的好习惯；二是要调节听课心态，优化听课意识，让潜意识喜爱听课；三是要在听课过程中，双目始终保持半眯着眼的状态，以避免连续听了几节课后，眼睛感到很疲劳；四是老师讲课结束后，不要急着看书做作业，而应闭上双目，放松后仰头，把刚才听课的重要内容像放电影一样回味一遍，使其在大脑烙下深刻痕迹，形成长期记忆，把老师讲课的内容真正融化在脑海中。"

一篇是摘自《当代青年》2008 年第五期的《清华校长的忠告》。文章说："未来的世界，一是方向比努力更重要；二是能力比知识更重要；三是情商比智商更重要。"

我已将这两篇文章扫描剪贴，供扬阳、嘉玮姐弟俩稍微长大更懂事时参读，并在他们影集中各存放一份，供他们姐弟俩随时翻阅。

2008 年 9 月 15 日，星期日，多云。今天老伴家庆带着孙子嘉玮来到长子健健侯家塘住宅参观孙女扬阳上的育新小学。

　　进入育新小学，看到乳胶运动场，孙子嘉玮异常兴奋，要和孙女扬阳比赛跑。结果孙女扬阳跑得飞快，孙子嘉玮没跑赢。嘉伟不服，要求再跑。

　　看到孙女扬阳、孙子嘉玮健康成长，幸福生活，看到孙子嘉玮那种争强好胜的劲头，我和老伴家庆都乐了，都开心地笑起来了！

　　但愿孙女扬阳、孙子嘉玮今后看到这篇杂记后，能领会我的深深用意，并能大有收益。

旧地重游

2008年10月1日

10月1日国庆节时，我和老伴家庆去了湘潭县中路铺区白石公社象形大队野猪冲生产队。

那时，我还是湖南师范学院中文系四年级的学生，和全班同学跟随湖南党校的老师们去湘潭县白石铺区参加四清运动，我被分配在白石公社象形大队野猪冲生产队的尹春生家，他的儿子叫尹森成。

当时野猪冲的社员们都单家独户分散居住在深山冲里，缺衣少食，生活很艰苦。尹森成幼小丧母，缺少营养，个子很矮小，可他们一家人对我很热忱友善，很关照，我一直没忘记他们。

如今，野猪冲的人都搬到山边来居住了，都修建了现代化时尚型的农舍，门前还修筑了通往四面八方的公路。电灯、电话、电视，一应具有。房前房后树木茂密青翠，庭院里蔬菜花卉生长茂盛。旧貌换新颜、今非昔比、换了人间诸等词语，都可用得上。

我和老伴终于在当地寻访到了当年的住户尹春生的儿子尹森成。可惜未见到尹森成的妹妹元珍和春花，这姐妹俩都嫁到外地去了。

尹森成今年也已六十出头。可惜的是43年前我与尹森成的合影可能已曝光冲洗不出来了。更可惜的是，我当时高兴得忘了记下他的电话号码，以后不好联系。

当年，在野猪冲参加工作时，由于工作繁忙、纪律严明，我没有去过近在咫尺的白石铺，游览举世闻名的大画家齐白石的故居。

找到尹森成后我和老伴家庆去游览了齐白石故居和其第二故居梅氏祠堂。这一天，我既重游了野猪冲，找到了房东的儿子尹森成，又游览了齐白石故居，终于圆了我多年之愿，诚为快哉乐也！

参观次子康康的工作场所

2008年10月3日

国庆节长假期间，10月3日，次子康康正好当值。上午我和老伴家庆按计划在长沙民航酒店乘大巴去黄花机场，去看他南航公司在黄花机场的工作场所。

总的感觉是，我们的次子康康跟长子健健一样，确实是一个好崽，是一个懂事、有孝心、求进步、实诚能干的好儿子。

他更是一个有骨气、有正气的好儿子，始终不愿我们做父母的去单位打扰他，一直拒绝我和老伴到他工作场地参观。总是要我们放心，说他在单位一定会好好工作，为国争光，为党做贡献。

自从次子康康参加工作以来，我和老伴家庆从未到他单位去看看他的工作和生活情景，一直感到很愧疚和放心不下，早就想有此行了。可我和老伴家庆很难同时得便，这次终于如愿得以成行。

到他单位后，看到他工作脚踏实地，生活简朴，与同事们关系也很协调融洽，我和老伴也就放心了。

祈盼着我们的两个儿子工作干得一天比一天好。健康、快乐，努力开创幸福美好的未来，为国争光，为党多做贡献！

家成内弟去世

2008年11月16日

本月11日，农历十月十四日，星期二，上午8时多，二内兄家龙来电话，说内弟家成于当日早晨7时多，因突发脑溢血，送去醴陵湘东医院抢救无效去世。我和老伴家庆无比震惊，当即做好一切准备，于当日下午2时半，乘大巴赶到醴陵，为内弟家成办理丧事。

再过6天，即农历十月二十日，内弟家成才正好60周岁。想到他从小吃尽了苦头，今年1月已办好退休手续，退休工资有1200多元，舒服日子才开头，却突然去世，老伴家庆和我异常悲痛。

在第二天的追悼会上，我为内弟家成撰写了挽联："含辛茹苦终生，仁慈忠厚一世。"我代表亲属所致的悼词也表达了这个意思："各位亲朋好友！我们的兄弟梅家成于昨天早晨因突发脑溢血不幸去世，再过6天他才 60 周岁。他'含辛茹苦终生，仁慈忠厚一世'。如今他突然去世了，我们感到万分悲痛。在为他办理丧事的时候，我们得到各位亲朋好友的亲切关心和鼎力帮助，在此我代表他的亲属向各位表示深深的谢意！愿逝者安息……"

我和家庆出资 2100 元为家成买了一块墓地和带瓷像的墓碑。另外，我们拿了 1000 元给内弟家成的妻子星艳，作为家成内弟丧事的补贴。

内弟家成和其妻子星艳的养女梅婷，今年已 18 岁，很有情义。她深知内弟家成夫妇都是残疾人，没有生育，无儿无女，把她一个呱呱坠地的弃婴抚养成人很不容易了，她很懂事地将她在外地多年打工积攒的 6000 元，带回来作内弟家成的丧葬费。

家成内弟的妻子星艳有一份不错的退休工资，今后的生活应该有很好的保障，我和家庆也就放心了。

本月 13 日，我和老伴家庆怀着悲伤的心情，拖着疲惫的身子，于晚上 7 时乘火车回到长沙次子康康的长鑫宅。

连日来，我都在长鑫宅陪伴着老伴家庆，怕她悲伤出事。从醴陵回来后，我和老伴家庆都深感胸口疼痛，呈心脏病发作症状，且深感疲乏，嗜睡、畏寒，已患上感冒无疑。

本月 17 日是星期一，孙女扬阳和孙子嘉玮都要上学，我和家庆也都要"上岗上班"了，要负责接送孙女扬阳和孙子嘉玮上学，辅导他们的学习。所以，我于今天下午 5 时回到了长子健健的侯家塘宅。

老伴家庆除了接送孙子嘉玮上学，还要搞家务、搞采购……而明天农历十月二十日，正是内弟家成六十寿辰。但愿老伴家庆能坚强地熬过心灵的悲伤期，不要伤害了身体。逝者长已矣，生者事无穷，说不定哪一天我们也会逝如流水。呜呼哀哉！

说说我的学历

认真说起来很羞愧，我虽有大学本科学历，实际上，也就只有小学五年级的文化水平。国学根底和西学素养都严重缺失。因为我虽然一路较顺利地在各级学校上过学，但前前后后也就只稍微专心地读了五年书。

1953年春夏之前，由于我自幼身世不幸，父母离异，时时处在漂泊、贫穷、屈辱、焦灼、忧愁之中，生活不得安宁，无心向学。由于住地不断变动，我被母亲先后联系转学到五六个小学念过书。但无论在哪一所小学，我都没有好好读过一天书，不知读书为何事，有何用。实际上我当时是一个懵懂、迷茫的孩子，一个顽劣不懂事的少儿。

1953年春夏，母亲带着我从衡阳辗转漂泊到株洲。我转入株洲铁路第一小学读书。那时母亲的生活已开始稳定下来，我对学习也开始产生兴趣。但除了学习外，我还要负责种植一家人吃的蔬菜，搞家务，照看两个同母异父的弟弟妹妹，仍无多少心思和精力求学读书。只与学友唐鹏飞等为伴在该校读了两年书。

1956年春季，我转到长沙父亲处读书，未料这并未使我对学习产生向往感和快乐感，反倒精神极度郁闷，患上了严重胃病，学习成绩也并不突出。

但1956年上期至1958年上期我在长沙读小学六年二期和初中一年级、二年级时，曾很有兴致地读过两年书。我粗浅的数理化知识就是在那两年学得的，文学兴趣也是那两年产生的。那段时间我读过不少诗歌、短篇和长篇小说，订购过不少文学杂志，还购买了一本大学教材《文学概论》认真阅读。

从1958年起，全国各地兴起一场工农业生产热潮。在那以后的四年内，我曾多次动过辍学的念头，打算去当工人，业余搞文学创作。

最终我在班主任程曙霞老师的反复劝导下，坚持完成学业，并积极阅读各种报刊书籍。直至现在，我都记得敬爱的程曙霞老师对我的关爱和劝导，是她指引我在求学读书的正确道路上，坚持奋勇前进。

1962年高考时，我被湖南师范学院中文系录取，虽然不甚理想，但因为是学我比较喜欢的汉语言文学专业，所以不致很失望。

大学头一年，我因为受到刺激，胃病严重复发，精神极度郁闷，只求病体终能康复，没好好上课读书，枉费了一年读书时间。

大学第二年，即从1963年下学期起至1964年上学期，我的胃病有所好转，好好听了一年的课，读了点书。对湖南师范学院中文系自编教材的《文学概论》《古代文学》课，还有全国统编教材的《现代汉语》《中国共产党史》课，都学得很有兴致，每次考试成绩都比较优秀。我在《现代文选习作课》的习作《民歌〈我来了〉试析》，还被任课的曾铭修讲师选定印刷，作为全年级的教材，在全年级讲评。

在以后的40年中，我时时梦见学院把我这个先天和后天都不足的学子召回去复课补课，常常在梦中激动兴奋不已。这表明学院和我自己都知道当年我的学业缺失太多，荒废了大好青春时光。

从以上回顾可以看出，我在小学、中学实际上各只用心地读了两年书，在大学实际上只好好读了一年书，总共只专心读了五年书。所以说我虽有大学本科学历，顶多也就小学五年级的文化水平。各种基本知识和基本技能的根底，还差得很远、很远。

再回顾起来，从小学、中学到大学，共度过了16年，实际上是18年。因为大学毕业后，在学校等分配等了两年，所以说是18年。

从以上这些情况可以看出，我才疏学浅，学历也是有名无实。直到1980年6月在醴陵六中，经贵人史有余同志和吴金云同志介绍，我被批准入党，自入党以后，我积极参加各种实践，得到适当磨炼，工作能力才有了一定的提升。

不过在这诸多特殊情况下，我终于成了邹氏家族中第一个大学本科生，并在以后的教育岗位上正常工作到了退休。这在我儿时伙伴、中小学同窗群体中还算是幸运的，甚至在大学同窗群体中也算是幸运的。

我一个在乡村长大的孩子，自幼漂泊孤苦，坎坷曲折，体弱多病，忧愁郁闷，从根本无心求学读书，到成功获得这样一个文凭，感慨是很多的！

而如今，我在近古稀之年的时候，仍能坚持学习，以弥补大学本科知识的缺失，如习练书法和学习使用电脑，也算是一种自知之明和奋发进取之举。

以上都只能算是我的自宽自慰法和阿Q精神胜利法之又一例。

晚年学电脑

2009年1月15日

20世纪90年代初，电脑还不是很普及，一个学校有电脑还是很稀罕的事。1994年我在长沙市八中校长任上时，从市教育局仪器站为学校申请了一台电脑。看着学校实验室那个专职的年轻老师，津津有味地学习操作那台电脑，很快他就能用电脑为学校编排总课表和班级课表、编录学校教职员工的登记表、打印各种文件和通知，我不知有多高兴。心想学校要是早有这么一台精妙的电脑，工作效率会提高多少啊！但我那时并没有急着想到抽空去学电脑，因为我很快就要退休了，觉得没有什么必要了。

退休以后，就这样泰然地过了多年。还是觉得实无学操作电脑的必要，有空闲，不如搞点健身养生的活动。后来连我家和邻居家的小保姆都无师自通，熟练地玩起了电脑。尤其是我去年刚刚才入小学发蒙的小孙女和小孙子也津津有味地玩起了电脑游戏，这使我很震惊，深深感到如果再不掌握一点电脑知识和技能，以后就会无法过问和辅导他们的学习，就会形成巨大的代沟。

最初有意学电脑是2008年8月8日，想用电脑把手工书写的日记打印成册，但并未下决心马上就学。那时城镇乡村男女老少，会使用电脑者已越来越多，从人们的谈论和媒体的报道中，我已深深感受到，用电脑看新闻、看电视电影、查找资料、写文章、写书、搞创作、乃至邮寄书信图片、订购票证、采购物资、交流沟通，确是一件乐事、美事，这使我逐渐有意学电脑。电脑早普及到了各个行业和各种群体，人们的衣食住行和社会的发展都离不开电脑。现在电脑已不再是高级知识分子和高等学府的专有，平民百姓也已开始大学大用起电脑了。学电脑用电脑已成为新时代的风潮，不会用电脑已无疑新世纪的文盲，遂于2008年11月初毅然参加了培训学电脑。

因为我年岁较大，反应较迟钝，敲击电脑键盘的速度跟不上那些年轻教练的教学程序，所以在培训班学了三四天，我就购买了一些关于电脑的书籍打算自学电脑。在两个多月的痴迷学习中，我深深感到学电脑用电脑很容易消磨时光，能增长知识，能健脑，不失也是一种健身养生、延年益寿的好办法，这使我更坚定了要把电脑学下去的决心。

鱼和熊掌，二者不可兼得。有所得，必有所失。十年以前，我便开始坚持练书法、练太极拳和太极剑，并坚持写日记。痴迷学电脑以来，便把以上这些练习搁了下来，一些重要的事件也顾不上写进日记了。我决意今年农历正月过后（公历2月25日以后），电脑稍微学得熟练一点，便开始坚持以上这些练习，并尝试用电脑写日记，尽量保持原有的各种人生情趣。

醴陵六中的同事、好朋友扬德元本月19日（农历小年）上午10时左右照例提前来电话拜年，说起他前些天因忙于搬家而受累，心脏病和脑梗死病复发，在湘东医院住院10多天，用了5000多元，主要症状是心脏缺血，而导致脑充血。听闻我正痴迷学电脑，嘱咐我千万不要学得太累。我的病情和他完全一样，甚至更严重更多样化。他的忠告和警告，使我意识到玩电脑用电脑要控制好时间，不要过度。年迈多病的人，尤其要注意，否则会适得其反，好事变成坏事！

后来我玩电脑用电脑，每次就总是控制在一个课时（45分钟）之内。每玩一会儿，便放松放松精神，休息

一下眼睛再用电脑。直到现在感觉还好，身体无异常。
我的好友杨德元的忠告和警告来得真及时，真要好好感
谢他！

人生风雨

2009年5月12日

　　今天上午徐州岳四叔梅树淇寄来了他的回忆著作《我的人生风雨历程》。

　　岳四叔梅树淇生于 1922 年,今年已 88 岁,很快就要 90 岁了。他出生在南京市一个工人家庭。20 岁的时候,胸怀保家卫国的大志,辗转到昆明加入了中国抗日远征军。在戴安澜率领的 38 师 112 团任迫击炮连指导员,参加了多次抗日战役,在炮火中负伤,住院治疗 8 个月后重返前线。1945 年太平洋战争结束,他到广州参加了接受日本投降仪式,并接受了地下党的领导。

　　1948 年秋,在南京电信局任电力技术员的岳四叔梅树淇,受党组织的派遣架设芜湖地下电台,到 1949 年 4 月迎来了芜湖和南京的解放。新中国成立后,他回到南京在省邮电局工作,由于出色的表现,于 1952 年出席了江苏省劳模大会，并被正式吸收为中共党员。

1960年岳四叔梅树淇响应支援苏北的号召，又一次离开故土南京到徐州邮电局工作，直至离休，他在徐州生活了半个多世纪。

岳四叔梅树淇除了随时听从党的召唤、以祖国和人民利益为重的高尚精神外，还有许多高贵的品质激励着我们。1995年他撰写了《我参加反攻缅北纪实》一文，被中共中央党史编辑部评为一等奖，收列在《烽火忆抗战》一书中。2013年他将珍藏了一辈子的两本缅甸和印度战地日记及十余件其他历史文物，捐献给了侵华日军大屠杀南京遇难同胞纪念馆。岳四叔为人从不居功自傲，他和蔼可亲，受人尊敬。在单位是人人尊敬的好领导，在社区是邻居们的楷模，在家里是亲人们的榜样。

老伴梅家庆回忆她与四叔梅树淇相处的日子，称亲眼看见他的三个孩子穿的衣裤都是由大人服装改的，并且是补丁叠补丁的。四叔自己的衣物常穿了十几年不肯更换，孩子们想给他买新的他也不答应。他每天早餐的主菜就是一点榨菜和豆腐乳，饮食基本上以素食为主。头天剩下的饭菜，第二天接着吃。他对自己、对家人特别节俭，但对他人、对社会他却特别慷慨、特别关爱。

退休后他虽然年老体衰，但经常在社区中小学进行爱国主义、革命传统宣讲，鼓励孩子们珍惜幸福生活，好好学习，报效祖国。在居住的社区奎园小学，他设立了"梅树淇奖学金"，每年捐献5000元。20世纪60年代，有一次他在大街上看见一位大娘带着孙子设摊乞讨，很可怜，就毫不犹豫地拿出十斤粮票和五块钱交给了那位大娘。汶川大地震和国家遭遇其他自然灾害时，岳四叔都慷慨捐献钱物。

我感受最深的是岳四叔对老伴梅家庆一家兄弟姐妹四人的关爱。老伴兄妹四人父母去世早，可有岳四叔在，就像父母仍在。岳四叔不仅资助大内兄家驹完成了大学学业，还时刻牵挂着在湖南先是幼年上山下乡、后来下岗且多病难婚的内小弟梅家成，对他给予了无私帮助。岳四叔梅树淇常常教导老伴梅家庆兄弟姐妹四人：要搞好家庭关系，要带好第三代；长辈要关爱幼小的，后辈要孝敬年老的，这是梅家的优秀传统。他是这么说的，更是这么做的。

老伴梅家庆和我，1987年迁移到长沙工作生活后，和家人共六次前往徐州看望慈祥的岳四叔梅树淇，难忘他每次对我们的谆谆教诲。老人虽然于2015年6月15日去世了，但现在我家三代，已有五人是共产党员，我和老伴梅家庆一定继续教育我们的后代，努力向忠诚的老党员岳四叔梅树淇学习，做永不变色的接班人！

兹将邮寄给四叔的信抄录于下：

敬爱的四叔：

您好！今天上午已收到您挂号邮寄来的著作《我的人生风雨历程》一书。您的革命精神和人生感悟，使我们深受感动和鼓舞。我们一定牢记您的谆谆教诲，发扬革命传统，走好人生道路，做到无愧于我们的先辈，无愧于我们的国家，无愧于我们的党！

我和家庆为了孙女和孙子，一天到晚，一年到头总是忙得不可开交，从退休之日起就未得空闲过，而且是分别在两个儿子家住居，已7年有余。我和家庆时刻记着您的谆谆教诲："要搞好家庭关系，要带好第三代；长辈要关爱幼小的，后辈要孝敬年老的，这是梅家的优秀传统。"最近经综合协调和安排终得机会，我将于本月16日陪同家庆一起去西安探望年迈病重的姑妈，26日乘飞机返回长沙。这是我第一次去西安探望姑妈，本来多年就应该去了，我很惭愧。去西安时也会一并去兰州探望一下家驹兄。他一人远在他乡，家庆和家龙兄一直挂牵着他。诸多情况待我和家庆从西安回来后再详细说

明吧。衷心地祝愿您和四婶多多保重，健康长寿，长寿

再长寿！

侄婿　克斯

2009 年 5 月 12 日中午　敬上

好友诗歌集

2009年7月4日

6月13日与老伴家庆陪同小毅夫妇游天心公园时接到好友德元老师的电话，说他当天已寄来一本自辑编印的诗集。6月17日上午如期收到了他题为《涂鸦学句集》的诗集和书信一封，诗集共收录诗歌共百多首。下午我便用挂号给他回了以下这封信：

德元好友：

你好！所寄诗集和书信今天上午已妥收，初读之后非常激动和感谢。今后我将抽空去反复细读。

诚如你自己所言，这主要是你学生时代的诗作，然而我的第一感觉是，你从学生时代起就已经是一个很有诗情才学的高手了，可惜由于你始终忠诚于教育行业，没能走上诗歌创作的专业道路。

只是你"2002年于大障"所赠华章夸得我很不好意思，对我赠送"师魂"之称号更使我愧不敢当。

从2002年起我完全陷于抚育孙女孙儿的琐事之中，变得异常平庸俗气和迟钝，已完全失去了"诗心雅兴"，根本写不出什么所谓"诗词"了，很愧对你从那时以来的几次深情馈赠。

今春以来，我和老伴梅家庆一直处于奔波忙碌之中。三月自你那里回来之后，五月因梅家庆大哥婚姻不和及姑妈病重去了兰州和西安一趟，回来后我和梅家庆都身体不适，病了好长一段时间。最近梅家庆的堂妹一家自徐州来我们这里，我和梅家庆忙着招待和陪伴他们在市内和省内游玩了整整十天，直到昨天他们返回徐州。

你的诗歌集中有多首歌咏攸县。我的祖籍虽在攸县，但我对攸县，特别是皇图岭以南及攸县城关镇一带十分陌生。你的这些诗作，又一次引起了我对老家的思念之情……

昨天，即7月2日，我写了《戏答德元好友古绝三首》，兹抄录于下，供你一哂：

2009年7月2日清晨5时左右于长鑫宅依枕而吟

其一：争先

喜读佳作上百篇，
半数出自求学年。
而今虽为鬓毛衰，
少时即已诗争先。

其二："师魂"

歌吟未求成专业，
诗心杏坛数十春。
耻为名利育桃李，

其三：乡情

三十三篇绘攸州，
故乡情怀涌心头。
笔下风光儿时梦，
君我何时能同游？

【攸州】即攸县,古称"攸州","攸舆",别称"梅城"。

今天就写到这里吧,请代我向尊夫人秋华及贵公子杨昕夫妇致意。

顺颂夏祺。

邹克斯

2009 年 6 月 17 日下午 4 时奉上

二舅唐槐春

我的二舅唐槐春生于 1925 年 4 月 19 日，患病日久，我常去电话问候。昨天其长子表弟亚珍回电话说，槐舅已于 8 月 15 日去世，享年 84 岁，定于 8 月 21 日（农历七月初二日）安葬。

8 月 20 日下午，我和二妹妹冬凤搭乘长途汽车赶回攸县乡下为槐舅送葬。夜宿大舅康宁之子自成家，8 月 21 日上午为槐舅送葬。弟弟玉德因要上班，大妹芝娥因家中有人在搞装修，均未同行。

我的妈妈生前因一直是个家庭妇女，没有固定收入，无力过多帮助老家两个弟弟，她一直深觉遗憾。

妈妈去世后，我延续了她对槐舅的一片牵挂。令人欣慰的是前天上午为槐舅送葬的人群中，有一个家在港前名叫刘盛村的 81 岁老人，是槐舅生前好友，眼睛不太好，听别人说我是克斯，摸索着找到我，拉着我的手说："你是个仁义情重的人。你舅舅常对我说起你这个外甥的好，说用了你的钱，穿了你邮寄来的衣裤。我也知道，他现在这副棺材实际上是你出钱购置的……"还有槐舅的同村老邻居唐庚华的儿子桂庚也对我说："你槐舅常到我们这来坐，总说你好，给他钱，给他寄衣物。"

对于槐舅我确实可以说是孝义情重，对得起天地良心了。我的妈妈生前和去世时也没享受到我这样一番孝心。现在槐舅已长已矣，且安然入葬，我对他也算尽了一份心意，妈妈也可以无憾了。

动身回乡为槐舅送葬前我已暗暗做了决定，如果表舅丁光爱因病未能去为槐舅送葬，就顺便去看看这个表舅。他今年76岁了，长期重病缠身，看得一次是一次了。我还计划去看看大妹夫德广的姐姐友姑。

到槐舅家后，在一片哀伤纷乱之中，听表舅丁光爱的长子冬泽说，他父亲8月15日下午曾来吊唁槐舅，因刺激和哀恸过大，回家即中风。在槐舅家时他不愿回家，说："克斯可能来，我要留下来见见克斯。"我听后深受感动。

8月22日上午为槐舅送完葬后，大舅康宁之女凤仪深情地恳求我和冬凤到她家去至少住一晚。她不断感叹槐舅死后，我这一生一世也许再也不会回乡去了，她很难再见到我了。自8月21日我和冬凤妹到达槐舅家后，她时刻无微不至地关照我和冬凤妹，情意感人。想到这个可怜女子自娘死爹丧，便孤苦无依，她嫁出去后，儿子遭遇车祸而死，幼小的外孙被人偷走，至今去向和生死不明，我还从未到过她的夫家，也确实过意不去，这次便答应和二妹冬凤一起到她家住一晚。

依我的要求，由表舅丁光爱的儿子冬泽和孟泽租用小面包车先到表舅家，后到友姑家，再到风仪家。

表舅丁光爱一家盛情款待我们。他8月15日中风后只能躺卧，不能行走。勉强起来坐着，看着我们不能说话，只有两眼老泪纵横。他中风后小便失禁，手脚不能动弹，餐饮只能由其长女喂食。

友姑今年已78岁，还为种植在田土间劳作，独自起炊进食，腰背已成90度弯曲状，精气神已不太乐观。表舅丁光爱和友姑两位老人的情况均令人感慨难过。

在风仪家受到无比殷切的款待，住了一晚，第二天早上在攸县网岭搭乘长途汽车回到长沙时已快上午11时。往返三天一直高温闷热难耐。

浓浓家族情

2009年9月19日下午4时多，喜云堂侄自攸县皇图岭打来电话告知我，说堂兄瑞云妻姚开英在株洲病逝，定于9月21日即农历八月初三在皇图岭老家安葬。

19日傍晚瑞云堂兄自攸县城关镇打来电话，请我一定要去为开英堂嫂送葬，并说开英嫂的遗体已运到攸县城关，开完追悼会后即运回老家荷叶塘安葬。

那两天我正因睡眠不好，血压高得很，疲软无力，昏昏欲睡，怕外出冠心病复发出意外。本打算11月2日（农历九月十六日）瑞云兄七十大寿时与他见面，而瑞云兄的电话是那么哀痛恳切，我决定还是去一趟。因考虑搭乘火车安全些，20日（星期六）上午我冒着闷热的天气搭乘2367次列车，赶到攸县城关镇建国路圣帝庙附近的瑞云堂兄住宅参加了开英堂嫂的追悼会。

当晚由喜云堂侄开房在攸县海悦国际酒店住宿。昨天转阴凉，很冷，我带的衣物不保暖，于下午4时，将开英堂嫂棺木送上荷叶塘祖坟地安葬后，自攸县皇图岭搭乘空调大巴急急赶回到长沙。幸好身体未出大事，但身体疲乏得很，昨晚早早地睡了，今早很晚起床也没恢复过来。

身患严重糖尿病的堂嫂开英，因为有四个女儿特别是三女儿丽君的奉养，多活了很多年。前天灵车上的挽联"世上痛无救母药，灵前哭煞断肠人"倒是很贴切地表达了她们四姐妹的痛彻心情。

但丧事搞成这么大规模，既累坏了自己，也累坏了别人。而且"孝子孝女难做"。每当我看见孝男孝女向送葬的亲友跪拜不停、疲惫不堪的时候，我就感动得泪水长流，而且总是忍不住地哭出声来。上个月我在乡下参加过槐舅的丧事，这个月我又在乡下参加了开英堂嫂的丧事。这一生中，每次在丧事中见到孝男孝女跪拜我都是这样，总是忍不住泪流满面、抽泣不停。

我自己的丧事不希望后辈这么搞，当然也绝对没有资本这么搞，所以我必须给健健康康交代一下日后从简安排我的后事的问题了。

堂弟发林和堂弟媳桂年夫妇2010年2月8日（农

历十二月二十五日）晚上，由他们的次子喜云开车接来长沙过春节。2月10日晚上发林堂弟由喜云开车特来我的长子健健侯家塘宅探望我和家庆，桂年因有几个小孩要照顾未能同来。她送上鸡、粉蒸肉、花生等厚重年礼。前年和去年也送了鸡、茶油等厚重年礼。

　　昨天，即2010年2月13日晚饭前，我的大妹芝娥来电话说，下午4点左右发林桂年夫妇由喜云开车去探望了她和妹夫德广，也带去了鸡和花生等年礼。因是徐夕，晚饭都没吃，天黑之前就返回长沙了。今天下午四点左右发林、桂年夫妇携他们的长子喜云一家共5人，来到我长子健健侯家塘住宅拜年，吃完晚饭后返回他们的次子喜云在长沙的居所，拟正月初四回攸县皇图岭老家。难得他们一片浓浓的家族情。

无臂舞动的人

2010年2月19日

昨晚在次子康康长鑫宅收看央视《焦点访谈》，里面播放着桂林农村小伙子无臂残疾人刘阳光现场书写"如虎添翼"的横幅。

这个无臂残疾人刘阳光，一边用脚趾书写，一边解说运笔书写这几个字的要领，实在神奇。他的水墨虾也画得惊人的好，他曾与健全人一同参赛并获得全国特等奖和一等奖。他还擅长跳舞，参加了全国舞蹈表演。他生活完全能自理，生活中的很多事情都能用脚来完成。真是不可思议。所以昨晚那期《焦点访谈》的题目就叫作《无臂舞动的人生》。

我一边观看这期的《焦点访谈》，一边想：他一个无臂青年，用脚趾能写出这么好的字，画出这么奇妙的画，我们一个健全人难道不应该学习他这种精神吗？可惜这期《焦点访谈》我只是中途看了后小半。开始看的时候我很疲乏，在打瞌睡，有些内容我没看清楚，也许连这个无臂残疾人是否姓刘都没看清楚。

双马齐奔

　　孙女扬阳、孙子嘉玮都生于2002年，生肖属马，所以我总是把他们两人放在一起说，愿他们"双马齐奔"！

　　孙女扬阳的班主任兼语文老师徐老师，要求她把自己积累的两句名言，按规定的格式写在日记里。

　　2010年3月5日，扬阳在生肖虎年寒假作业《快乐寒假》中，按要求填写了她自己积累的以下两句名言：（1）学习认真，才会进步。（2）坚持就是胜利。

　　在我的帮助下，她用电脑输入了以上两句话，以便随时查阅。我觉得，这两句话写得不错！愿她终生切实执行。

　　我还记起扬阳2010年2月9日写的一篇日记，也写得很好，真为她高兴，也为我的长子健健骄傲！孙女扬阳的那篇日记是这么写的：

今天下午3点，我去看了爸爸单位的春节文艺演出。

爸爸表演的节目是舞蹈，名字叫《Nobody》。

演出时，爸爸戴着一顶蓝色卷毛狗一样的假发和一副白框的眼镜。

爸爸的舞蹈动作非常到位，他是跳得最好的一个。

爸爸跳舞时，有一个扭屁股的动作，好有味！

我也学了他的一个动作，做出把嘴巴拉得很长很长子的样子。

……嘻嘻，有趣吧？

扬阳这个女孩子过去就是有点胆小，上课不敢大胆发言，也不敢大胆积极进取。2010年3月16日 下午，扬阳放学回家高兴地告诉我，她被任命为学习委员，我们一家人都为她高兴。我不禁回想起10多天前她自己撰写的一份班干部竞选词："各位同学和徐老师：上个学期我什么也没当，这个学期我想竞选班干部，我一定完成好老师分配给我的工作，请大家投票支持我！"

这个竞选词完全是她自己深思熟虑后写出来的。我本来要代她撰写，但她坚决不肯，非要自己写不可，结果她写的可能比我来写还要好些，言简意赅，我当时就

很为她高兴。看来这个小女孩已开始大胆追求进步了，能动脑筋想问题了，值得高兴。

嘉玮前个学期（一年一期）担任副班长，上个学期担任数学课代表（班主任是数学老师），本学期仍然担任副班长。但愿这两个小家伙能坚持"好好学习，天天向上"！

祭拜祖先

　　我母亲唐谷新生前参加了我两个儿子的婚礼，特别为自幼跟着她吃尽了苦头的我高兴，她还热切地盼着早日抱曾孙，但她于 2000 年 2 月就去世了。我为此深深感到遗憾。

　　以前因孙女扬阳和孙子嘉玮年幼不懂事，我一直没同意带他们俩姐弟去为我母亲唐谷新扫墓祭奠，但我一直在等候时机带孙女扬阳和孙子嘉玮去祭拜他们的老奶奶唐谷新。

　　2010 年 7 月 9 日，老伴梅家庆带着孙子嘉玮来到长子健健在侯家塘的住宅，与孙女扬阳玩耍。但上午孙女扬阳去学校参加放暑假的仪式了，老伴家庆去买菜了，孙子嘉玮近来精神状态良好，时间又得空，于是我带着孙子嘉玮到星城金盆岭墓地奠祭了我的母亲唐谷新。终于了了我的一个心愿。

在我的引领下，懂事的孙子嘉玮神情凝重地捧着鲜花，来到我母亲唐谷新和寄父冯子印合葬的墓前。我们爷孙俩摆上鲜花，供品，点燃香烛，鞭炮后，嘉玮按照我的嘱咐，在墓碑前深深跪拜，并深情地述说："老奶奶，我来看你了！"

嘉玮一副天真诚挚、机灵乖巧的可爱模样。如果真是地下有灵，我母亲唐谷新和寄父冯子印看见他们想念已久的小曾孙嘉玮身体一天天强壮，也能去看他们了，一定会笑得合不拢嘴。而我也免不了又一次地深深祈祷母亲唐谷新和寄父冯子印的神灵，多多保佑他们的曾孙女扬阳和曾孙子嘉玮吉祥安康，好好学习，天天向上！

我这孙女扬阳和孙子嘉玮也真是逗人喜爱的一双宝贝，期中考试成绩一模一样：数学满分100，语文84，不知怎么这么巧。昨天孙女扬阳从学校放暑假回家告诉我们，她期末考试语文满分150得149，数学满分120得118，很不错了。估计嘉玮后天学校放暑假时宣布他期末考试的成绩也会不错。

身边有一双这样聪明可爱的曾孙女和曾孙子，母亲唐谷新和寄父冯子印如果地下有灵，一定会高兴万分，保佑我的孙女扬阳和孙子嘉玮前程似锦！下一次，我和老伴梅家庆一定带着孙女扬阳也来祭拜母亲唐谷新，以传承对伦理孝义的情怀！

2010年7月10日上午11时补记：刚才嘉玮电话告知我他期末考试语文满分150得142，数学满分120得117。也算很不错了，值得表扬。

暑假安排

　　孙女扬阳下学期开始读小学三年级，根据班主任兼教语文的徐老师的要求，7月12日制定了今年暑假作息时间表与活动时间安排，当晚我替她打印出来，她一直执行得很好。

　　她这份表格内容丰富多彩：学习文化知识，搞体育锻炼，练习文艺技能，做家务劳动，无所不有。而且我还看出她做那些家务劳动很快乐，一点没有厌烦勉强的意味，我很为她高兴。特别希望她把做家务劳动的兴趣发扬下去，这可以培养对父母的孝义情怀。

　　她的作息时间表的内容是这样安排的：

　　早晨7时半起床；

　　早晨8时吃早饭，洗碗筷；

　　中午12时吃中饭，洗碗筷；

下午 1 时至 3 时午睡；

下午 6 时 4 组乒乓球挥拍练习，洗澡，洗衣；

晚上 9 时半就寝。

而她的活动时间安排是这样的：

星期一上午 9:00 至 9:40 练电子琴，10:10 至 11:40 奥数课，下午 3:30 至 5:30 做作业；

星期二上午 9:00 至 9:40 练电子琴，10:10 至 11:40 做作业，下午 3:30 至 5:30 做作业；

星期三上午 9:00 至 9:40 练电子琴，10:10 至 11:40 做作业，下午 3:30 至 5:30 奥数课；

星期四上午 9:00 至 9:40 练电子琴，10:10 至 11:40 做作业，下午 3:30 至 5:30 做作业，晚上 8:00 至 9:00 乒乓球课；

星期五上午 9:00 至 9:40 练电子琴，10:10 至 11:40 奥数课，下午 3:30 至 5:30 做作业；

星期六晚 8:00 至 9:00 电子琴课；

星期日上午 9:00 至 9:40 练电子琴，10:10 至 11:40 奥数课，晚上 8:00 至 9:00 乒乓球课。

2008 年 8 月 10 日下午我用电子邮件把孙女扬阳的暑假安排给大内兄梅家驹发过去。家驹内兄是个很有学识的高级知识分子，他发回电子邮件表扬了孙女扬阳，其中有这样一句话："扬阳的暑假安排很周详。学会安排时间是人生走向成功的第一步。"实为修身治学、为人处世经验之谈，希望儿孙们牢记并实践之。

怎么称呼

怎么称呼别人，是一门重要的学问：心理学、社会学、历史学、地理学、民族学，几乎无所不有。

在社交活动中，尤其在国际外交场合，对人的称呼，稍不留神，就会闹出笑话，弄得尴尬狼狈。

那么，对人如何称呼，才是准确适宜的呢？具体说来有以下讲究。

对女人：

对一般妇女表示亲近友善，可称呼其为女士、夫人、太太。如要表示尊重一点，可在"女士、夫人、太太"前加上"尊敬的"字样。如知道对方的姓氏，还可在"女士、夫人、太太"前加上对方的姓，即"尊敬的某女士、夫人、太太"，这会显得更亲近友善。

对老年妇女，不知对方姓名，但想表示尊敬，可称

其为老太太。

对年轻一点的女子,可称呼其为"小姐、美女、姑娘、妹子"等。

不过"小姐"一词有时容易犯忌,不妨将"小姐"的称呼改为"美女"。

对某些女子表示可耻和鄙视,常用"泼妇、妖婆、妖精"等称呼。

对男人:

对一般男子表示亲近友善,可在其姓名之后加上男士、先生、好友、学友、阁下。如属于外交需要,在其名字或职位之后加上"阁下"更为妥当。

如要表示更尊重一点或崇敬,可在其姓名和职位前加上"尊敬的"字样。

对老年男子,不知对方姓名,但想表示尊敬,可称其为老先生。

对某些男子表示可耻和鄙视,常用"流氓、痞子、癞皮狗、恶棍、恶少、混世哥"等称呼。

夫妇之间:

一般夫妇可分别称对方为先生,夫人,老伴。老年夫妇如表示亲密,诙谐和幽默可称对方为老鬼、老头子、老婆子、老太婆。

自称：

男子自称有老夫、老朽、老臣、在下、鄙人，等等。

女子自称有老妇、老身、老奴、小女子，女子，等等。

总之，称呼，是我们华夏文化的宝贵财富，依历史、地域、种族有所不同。上面说到的对人称呼的具体例子，只是九牛一毛。怎么称呼别人，是我们人生的重要课程。这需要随着人的文化提升和年龄的增长而准确和精彩。文化水平越高，年龄越增长，对人的称呼就越准确，越精彩！

但愿我们人人都好好学习怎么称呼这门课程。在怎么称呼别人上，少闹笑话，避免尴尬狼狈。

悼念表舅

2011年7月18日

2011年7月16日早晨约7时，接表舅丁光爱二儿子孟泽电话，告其父于昨天下午4时左右去世，定于2011年7月20日安葬，享年77岁。

可怜这个老人2009年9月因槐舅去世奔丧，劳累悲伤过度，突发脑梗死风瘫失语，生生受了近两年的苦！那天他奔赴槐舅丧事后病倒，在世上说的最后两句话是："克斯会来，我要等克斯来！"每想到此，我就深深后悔这两年我没能抽空再去看看这位老人家。前天接了他二儿子的电话，我不禁痛哭失声！

可是这一两个月以来我右腿疼痛难忍，行走不便，前天晚上清理物品时我又不幸胸骨受伤，敷着膏药，也疼痛不止，怎能去悼念表舅呢？再说孙女扬阳暑假要上各种培训班，无人照料，我要去也只能今天去，明天一定要回，否则扬阳就无人照料了，因为后天就是星期一。而如果我今天动身去，肯定要到晚上八九点才能赶到表舅家，我这身体状况如何受得了？

老伴家庆也一定不会放心让我去。她的情况和我一样，要照料孙子嘉玮，脱不得身，不能陪同我一起去。但如果这次不能争取回乡去悼念表舅，我这一辈子都会悔恨的。

整整一天我都心情沉重，惆怅不已。总是浮想着父亲邹宗季骨灰安葬时他和槐舅赶到攸县老家荷叶塘送葬的情景，1999年1月1日左右他和槐舅来看望病重妈妈的情景，2000年2月妈妈去世时他和槐舅来奔丧的情景……

其实，表舅也就只比我大七岁。我与他感情上亲近最重要的原因是，我俩在少年儿童时期都是被寄养在外婆家，都是单亲家庭的孩子，相依为伴。他常带着我上山砍樵，下河摸鱼，为大舅康宁家在田野江边放牛，对我关怀备至。我与他命运相同，经历相仿，为人相似。

2011年7月16日晚上，我回到次子康康长鑫的住宅，得知二儿媳李玮正好从2011年7月17日起休暑假，嘉玮可由她自己照料，老伴家庆则可去侯家塘长子健健的住所照料孙女扬阳了。

于是我于昨天早晨乘大巴回乡吊唁了表舅，今天上午 12 时左右仍乘大巴返回侯家塘长子健健的住所。赤日炎炎，往返奔波，感慨良多。一件心事得以了结，没有成为心病。我这个表舅虽然是个山乡普通村民，但对我情深义重，我难以将他忘怀……

次子康康40岁

　　人类出世时，已在娘肚子里已经生活了10个月，所以我国民间信奉人的虚岁就是实岁。次子康康生于1973年3月1日，虚岁39，实际上是40岁了。

　　由二儿媳李玮2月28日具体联系安排，3月1日中午，我们全家在我和老伴家庆的朝阳二村住宅马路对面的友友饭店六房间，为康康举行庆贺40岁的生日宴。李伟父母、大妹芝娥大妹夫德广夫妇、刘莉一家和刘雄一家、玉德弟新组建的一家人、二妹冬凤一家人、长子健健一家人，均前来庆贺，共两席24人，全是本家族的人，无一外人，完全符合康康的意愿。

　　次子康康和长子健健一样，为人实诚，本只勉强同意就近找家酒店自家8人简陋地吃餐饭，不愿声势搞大了，拖累他人。但我和老伴家庆都认为，40岁生日比较重要，他50岁时，我和老伴也许都不在人世了，所以我俩坚持要为他隆重庆贺一下这个40岁生日。

友友饭店系新建成开办的酒店，场地宽敞，高雅漂亮，胜过我自己70寿宴的场面，我和家庆都很满意。康康显得很快乐，我们也感到很高兴，难得的全家族人聚会！

芝娥德广夫妇今夜住在朝阳二村我和老伴家庆的住宅，我和老伴打算留他们两口子歇息两天后，再让他们返回湘潭。

2012年3月4日中午，德广芝娥夫妇在侯家塘乘城际大巴回湘潭板塘铺住所。刘莉夫妇、刘雄夫妇和他们的女儿刘伊，已于3月1日中午饭后返回湘潭板塘铺住宅。

芝娥妹年老体弱多病，还老晕车，连坐公交车也晕。昨天到长沙时，晕得一塌糊涂，下车后呕吐了一地的食物。她年纪太大了，这种身体状况和年岁，今后还能来长沙几次啊！

长子健健41岁

健健昨日41岁。我们一家大小8人，老伴和我，次子康康夫妇，孙女扬阳和孙子嘉玮，昨天中午在他侯家塘居所聚餐庆贺。饭食全是健健自己操办的。气氛很温馨，我和老伴很欣慰。

而今的健健，比当年的我能干得多，他里里外外都是一把好手，下厨烹饪更是出色。

健健为人处世历来实诚厚道，对家庭责任心强，对父母孝义，不愿父母为他多花费一分钱，不愿烦劳别人一点事，并且自幼对兄弟康康关怀备至。他坚持只在家里庆贺一下自己的生日就行了，不愿在酒店为自己摆生日宴，请同学同事和朋友来做客，说那样影响不好，会让人家破费。

记得我们一家在原醴陵六中生活时期，1976年早春，健健还不到 6 岁的时候，有一次我和老伴梅家庆与全体教职员工到河边修堤坝去了，将他们俩兄弟留在家里玩耍。天气寒冷得很，次子康康冷得直哭。健健竟懂事地解开胸前棉衣，将弟弟的双手窝在胸口取暖，哄着弟弟玩。

还有一次星期一的晚上，我和老伴梅家庆到学校办公楼会议室参加教职员工例会去了，也把他们俩兄弟留在家里玩耍。一只邻村人家的老猫，溜进来偷我们家灶上的猪油吃，又一次把次子康康吓得直哭。健健气愤地拿起一根大木棍，把那只老猫赶得远远的……

现在健健已进入壮年时期，身体透支不算少，已长出不少白头发了，对他女儿扬阳的成长学习也操心不少。但愿他今后家庭更加幸福美好，但愿他今后注意保养身体，吉祥安康。但愿他今后更加勤奋努力，为党和国家多做贡献，为党和国家争光！

夫子邹宜人

2012年3月27日

非常怀念原醴陵六中的老同事，家门邹宜人老师。他于1980年退休，今年是其诞辰96周年。只有初小学历的他，新中国成立初期在醴陵泗汾乡政府当秘书，后来转到教育部门一直以后勤和财会工作为主。他爱好学习，文史地数理化，乃至外语功底均不浅，学校教员空缺时他敢于上讲台授课。而且他擅长书法，吹拉弹唱样样在行。

他豁达随和、实诚、朴素，待人友善。是我30多年以前习练书法的偶像，是我忠诚的朋友，尊敬的长辈，尊敬的为人处世的夫子。

我调回长沙后再没见过他。他去世已有20多年，病重去世前我竟没听到消息去看他，感到非常懊悔。我常常想起他的种种事情，在梦中也常常想起他。

　　今日将他 1983 年夏天，即癸亥年夏日，书赠给我的两幅字扫描录入日记，以表怀念。这两幅字的内容，一幅是七绝："两个黄鹂鸣翠柳，一行白鹭上青天。窗含西岭千秋雪，门泊东吴万里船。"另一幅是名言警句："有志者事竟成，破釜沉舟，百二秦关终属楚。苦心人不负卧薪尝胆，三千越甲可吞吴。"他知道我谋求《康熙字典》久矣，当晚还一并给我送来了这套他珍藏了半辈子的工具书。

　　那是我和老伴梅家庆，从原醴陵六中调入醴陵四中任教的第二年下学期，我在该校担任党支部副书记兼任两个高中班的语文教学。字幅是他特意从乡下家中送来的。醴陵四中是他先前工作过的学校，其中他赠送的杜甫《七绝》"两个黄鹂鸣翠柳"那幅字，有他对醴陵四中的怀恋。我深切地体会到，那幅字还有他对我们夫妇调入醴陵四中这个美好校园工作的祝贺，有他对我的深情期望，希望我下定决心把工作搞好，把字练好。

　　这幅字我已将它悬挂在住所书房，每当我看到这幅字，一方面我衷心地敬佩他高超的书法技艺，揣摩他字体的笔法和结字的特点，另一方面总是记起他对我习练书法的诸多指点和殷切期望，因而一点也不敢懈怠，一直努力地习练着书法。

淡定从容

2012年8月30日

坦然安定，淡定从容，是一种好心态，是智慧和意志的表现。只要有这种心态，就好办事，就能把事办好。

堂侄女丽君曾在微信朋友圈发过"淡定从容"这句话的字幅。她信奉此语，所以她的事业很精彩，很成功。我的中篇小说《桂花飘香》，主人公桂花就是以她为原型写的。

2010年11月24日央视《夕阳红·百岁传奇·麓品斋》引用过一句西方名言："当上帝关上一扇门时，必然会给你打开一扇窗户。"

我们中华民族流传着不少类似的名言名句，如"天无绝人之路"，"凡事只要多琢磨，办法总是有的"，"绝地大翻身"，"慢慢来，好运总在一个路口"，等等。

有医生曾说过："有了病，尤其是不幸得了危重疾病或传染性疾病，不能老是想着能否治愈的问题。重要的是积极配合医生治疗，保持一种平和的心态，久而久之病就好了。"看来对疾病要保持淡定从容。

我对有些事和人，往往在看透了、搞清楚了、想明白了、知道是怎么回事了之后，就要求自己能原谅和忘记，在记忆中把这些事和人删除，并继续按照自己的准则和方式坚定地走下去。我想这大概也是一种对待挫折和打击的态度，是一种"淡定从容"。

总之，人在遇到挫折打击的时候，遇到危难的时候，要看到希望；求学的人，在收获不大，成绩不好的时候，要相信"功夫不负苦心人"，"坚持就是胜利"；企业家在经营失利的时候，要看到机遇，看到光明。要相信："慢慢来，好运总在下一个路口！"

生路本靠双手开

2015年1月17日，即甲午马年腊月二十七日下午3时左右，我因事路过长沙东塘平和堂门前，以每幅20元购得双手伤残的涂祖根书法作品《宁静致远》和《天道酬勤》各一幅。感慨不已。

涂祖根，湖北襄阳人，年45，以前没练过书法，13年前被炸药炸掉双手致残。7年前来到长沙谋生，并进入长沙天心区老年大学书法班免费学习。我所购的两幅作品，系其屈膝就地而书。他说如果在桌面书写，墨水纸张更优良些，效果可能好点，裱装后每幅作品可卖贰佰元。

其实，一个双手残疾，7年前才开始学书法的人，能简陋取材，屈膝就地写成这个水平，已经让人不可置信了。虽是深冬，可那天下午烈日当空，气温很高，地面热烘烘的，酷似初夏，他单衣单裤，写得满头大汗。

围观的人不少，购买他作品的人也不少，向他捐赠钱款的善男善女和孩童也不少。忙碌中他向我解释，人致残后，力所能及地学一门技艺自食其力才是正道，现在他生活完全能够自理，也能谋生养活自己了。文后附他现场书写的图片，均系本人于现场拍摄。

我深深感慨这个双手断残人的书法演示。不只是他敢于攀登的精神值得赞叹，也为我们长沙街头这精彩的一幕惊喜，更为我们长沙的人友善对待外来残疾人的出色表现而自豪。

长沙天心区老年大学让他这个外来残疾人在书法班免费学习，街头演示书法时，善男善女和那些可爱的孩童向他捐赠钱款，这一切情景都是十分令人感动的。回家后我为所购的作品凑成四句以跋："生路本靠双手开，意外断残食无来。不是如君钢铁志，如何挥毫驱伤哀！"

双手伤残的涂祖根屈膝就地书写图

年少亏欠晚岁补

2015年11月6日

我正住在长沙市第一医院15病室15床治疗各种老年疾病，有时间思索一些问题。记得齐白石有句名言："年少懒来晚岁补"，我模仿他这句名言，写过一句话，叫作："年少亏欠晚岁补。"

我年少时并不懒，反倒还有些勤奋。只是因为我个人独特的身世和经历，虽然大学中文本科毕业，但是实际上从小起没读几年书，很多应该学习的知识没学到，应该掌握的技能没掌握，亏欠太多！如今我退休已15年了，我学了些什么呢，"补"了些什么亏欠呢？

今早我在医院病床上突然想到，这15年以来我大概学了以下这些东西，"补"了以下这些东西，使我受益匪浅：

为了适应退休生活学习了一些养生保健的知识，特

别是平衡心态、心理疗愈的知识；学会了 24、32、42
式太极拳和太极剑。

从 2008 年 11 月底起，我用半年时间学会了使用
电脑处理文档和上网。而今编录有关资料，写作一点文
字，不知要快捷多少倍，工作效率和成效不知要提高多
少倍，使我舒心而愉悦。

从 2008 年 11 月份起我一边自学电脑，一边用电脑
整理旧日记，一边用电脑编写新日记，已陆续编写了 24
册日记，约 100 万字，几乎每周都有二至三篇日记。这
24 册日记可以说是我对人生的感悟和总结，是宝贵的财
富，我自己对它们是很看重的。坚持写日记大有好处，
用电脑写日记更有好处。我深深体会到，用电脑编写日
记既可熟练掌握电脑技能，又能健脑健身，还能利用电
脑 360 或百度搜索有关知识和有关词语，提高驾驭文字
语言的能力。

学习了一些书法知识。近两年我观看了一些央视
《书法频道》的节目。从 2001 年至 2015 年 6 月，我坚
持了认真临帖和习练毛笔字。已将这些习练的字用电脑
扫描，编录印刷成册。

从 2013 年底开始学用智能手机，用手机收发微信、
上网购物等，又开阔了视野；从 2015 年 9 月起我开始

重新钻研王力的专著《诗词格律》。这样我在因视力问题不能用电脑，也不能看电视时，就可以琢磨一下诗词格律，写点诗词，以打发时光。

这次我住院治疗，就是靠智能手机打发时光的，这篇日记也是在智能手机上编录的。

这十五年我和家庆照料孙女扬阳和孙子嘉玮，很忙。以上这些东西，都是我用零碎时间自学的。没时间进老年学校学习，也没时间请专职老师来家里讲授。

历经15年的时光，我体会到一个人活到老学到老，不断进取，能开阔视野，获取更多信息，使生活过得充实、愉悦而美好！

三种精神

2015年12月1日

人人都会疼爱自己的子女和后辈。如何教育培养自己的子女和后辈，是人生的一门重要课程。有人说："爱的最高境界不是给予而是引路。爱的出发点在于引路。引路，是一种智慧，是爱的最高境界，更是一种心地坦荡的大爱！"我觉得"爱的最高境界不是给予而是引路"说得很对！教育培养自己的子女和后辈，最重要的就是要做好引路工作。

以前我教育自己的两个儿子，要他们根据《读者文摘》杂志登载的，一个外国运动员说的"爱情和婚姻的名字叫'责任'"，来处理好自己的爱情、婚姻和家庭。现在看来我的教育有一定的成效。

早两天我突然想到，为人处世大概至少要有以下三个原则，这三个原则对子孙后代可能也会有些启迪作用：

要有不违背道德良心的精神；要有适应环境，积极进取的精神；要有自觉担当的精神。

这三种精神如要详细解说，可以写三本厚厚的书。一个人有了这三种精神，虽说不一定是一个高尚、伟大的人，但总应该是一个堂堂正正、坦坦荡荡的人！

江山代有人才出

2017年1月4日

杨金云同学是我在原醴陵六中任教时高二班的学生，也是原醴陵六中首届高中毕业生。

2017年1月2日晚上，我在杨金云高二班同学贺建国和刘平珍两口子家里欣赏了杨金云的书法作品，今天上午又欣赏了他在微信发来的20多张书法作品，还有工笔花鸟画，更是兴奋，高兴万分！

杨金云同学的书法风格独到，笔法老练，章法娴熟清秀，形式多样，特别是内容高雅，很有时代气息。

据我的观察和体会，一般70岁前后是书画家成熟成名、享誉天下的年龄。齐白石、于右任、黄永玉、醴陵人士李铎，还有长沙的曾玉衡、史穆、颜家龙等莫不如此。杨金云同学今年65岁左右，相信数年之后，他在书画方面更会成绩卓著，至少誉满三湘四水。

杨金云同学出身贫困家庭，为了减轻父母的生活负担，在醴陵六中就读时，每天早晨都要砍柴，推车运煤，干大量农田耕作活，往往上学读书迟到。我也经常为他忧虑焦急。

但他生性乐观向上，天分极高，不但学习没落下，而今更是湖南株洲第一医院心血管疾病医疗方面的精英，享受国务院特殊津贴待遇，而且在书画方面竟还有这么高的造诣。

书画是一种修身养性的高雅情趣，是文化品位的象征。据我所知，原醴陵六中首届高中毕业班的宗仁、贺凤奇，其他班的翁佑龙、贺岳明、杨坚强、姚德文等都是书法爱好者、书法高手。他们都是杨金云同学的真挚学友、忠诚朋友。

杨金云同学的老家离醴陵大障档子山原醴陵六中不远，他事业有成后，常去看望母校，对母校的感情深厚。他曾捐资两万元为母校建立了一个图书馆，还将他不少书画作品捐赠给母校了。据说杨金云同学在娱乐咏唱方面也是高手，是积极的参与者！我真为他高兴、骄傲，真是"长江后浪推前浪"，"江山代有人才出"啊！

不知杨金云同学的弟弟杨金龙同学情况如何，很惦念他！他在原醴陵六中毕业后，我一直没见过他，一晃几十年就过去了。相信这位同学事业也干得很不错！

冰雪礼仪情

2018年2月5日

　　徐建中是原醴陵六中首届高中毕业班第二班的同学，曾是该班干部——体育委员。

　　他的父母是醴陵大障区卫生院的药师，对我很友善。他的弟妹徐建秋、徐爱珍、徐爱平，都算是我的学生，我曾在原醴陵六中任过他们的课。

　　徐建中1971年春高中毕业后，我同他一别47年，我一直未见到他，深深牵念他，他也同样惦念我。

　　2018年1月25日，我与老伴梅家庆赴瓷城亲戚家生日宴，歇宿在该亲戚家。那几天湖南株洲地区下大雪，冰天雪地，异常寒冷。1月26日，徐建中由高二班易云香同学告知，我和老伴来到了醴陵。易云香还说，她已安排原醴陵六中首届毕业班的同学1月27日聚会。徐建中急忙冒着天寒地冻的天气，从株洲自驾车到醴陵来参加同学聚会。

同学聚会后的 1 月 28 日，徐建中又冒着冰雪从株洲自驾车到我亲戚家送来厚重礼物。送礼之前我曾数次回电话，劝他不要吃苦冒着冰雪来送礼物，情我已领了，可他仍然坚持送来了。我异常感动，作有以下七绝抒怀：

天寒地冷起冰凌，赴宴瓷城我折腾。

闻讯远程来看望，还承冒雪礼提升。

47 年后，我再次见到徐建中同学，他已是 65 岁左右的老者了，头已秃顶。听闻徐建中父亲已 90 多岁，人很健朗，他每天身前身后精心侍候照料他父亲，极为孝顺，我深感欣慰。

不知他的弟妹三人现在情况如何，相信他们也都是事业有成、孝义双全的好儿女。

"上善若水"解

2023年6月18日

经常看见"上善若水"这个词语。有人把这个词语作为网络昵称，还有人把这个词语的字幅悬挂在厅堂或卧室。但我对这个词语的意思一直似懂非懂，今天我想把这个词语的意思弄明白。

我认真查看了一些资料，并想了想，认为"上善若水"也许是说，处理人世间一切事物最好的方式，是要拥有水那样的状态和品格。

俗语"山不转水转"，是说水的灵活性。

还有俗语"水滴石穿"，是说水的韧性。

李白《望庐山瀑布》"飞流直下三千尺"，是赞颂水直下庐山的奇伟雄壮的景象和勇猛前进的气势。

还有李白的《将进酒》"君不见黄河之水天上来，奔流到海不复回"，是赞颂肯定人生、肯定自我，乐观

好强的宝贵精神。

宋代苏轼《前赤壁赋》云："水光接天"，是赞颂水胸怀宽阔，壮志凌云的精神。

宋代苏轼《前赤壁赋》又云："水波不兴"，是赞颂水的淡定坦然，埋头苦干，终成大事的忠厚朴实精神。

《汉书·东方朔传》言："水至清则无鱼，人至察则无徒"，是赞颂水才能高超，但包容一切，无往不胜，广结善缘的境界和感人精神。

总之以上所有的引用资料，都赞颂了水的状态和品格，应该是对"上善若水"这个词语的恰当诠释。

我们就是要像水那样，去处理好人世间的一切事物。

与诗友谈写作格律诗

2023年6月21日

诗友原诗：

把脉千年暗靠边，泊资黑手趁猾奸。阳阳瘟疫草根苦，更待何时震九天。

我的评析：

（一）要指出的是你这首诗没有标题。当然，也有人把自己写作的诗词标作"无题"，所以你干脆就不给自己写作的诗词标注题目了。但标题是诗文的眼睛，能让人一眼看透诗文的精髓和灵魂。记得这个观点是我的前辈，当年原醴陵六中的曾卓湘书记对我说的。

（二）你这首七言绝句平仄格式为首句仄起仄收式，无误。

（三）边，天：下平声【一先】韵。奸：上平声【十四寒】韵或下平声【删】韵。"奸"字是用错韵了，或谓落韵了。

（四）我认为学写诗最好先学写格律诗词。

我的一位好朋友曾说，他写旧体诗词放任自由，落拓不羁，不讲究平仄，也从不愿意标注他写的旧体诗词是律诗或律绝，写作的词也从不标注词牌平仄。

我以为，这对于精通诗词格律的高雅人士来说没什么。但一般学习写诗词的人，如果写旧体诗，最好写正格的近体诗，即格律诗词，含律绝、排律。

因为格律诗词产生在古体诗即古风之后，好处是有创新，有提升，讲究平仄，音韵优美，否则不如直接写现代白话诗。

当然，精通正格的格律诗词之后，再写古体诗就不在话下了。难道落拓不羁就只适宜写古风式的律诗或律绝吗？唐代以后，王安石、陆游、郑板桥、曹雪芹、鲁迅、郭沫若、胡适、叶圣陶、王力、齐白石、赵朴初、启功等著名人物，不是都主要写正格的格律诗词吗，不是都写得很好吗？

初学格律诗词写作，对自己所写的格律诗词注明是律诗或律绝，并注明它们首句的平仄格式或词牌的平仄格式，是为了便于自己检验是否写错，也便于行家批评指正，并非标榜自己如何有才学。

我体会现代人写格律诗要做到：

一是要平仄格式正确无误；

二是要有一个感人的意境，要形象化，要借景抒情，使人能从中感受到一种美感；

三是要押韵正确无误，要有音韵美，读起来流畅，便于记忆；

四是要尽量用现代语言，用白话，通俗易懂，尽量不用或少用艰涩词语、古典词语，使人感到很现实，很亲切；

五是要讲究结构的起承转合。

你这首诗中的"泊资黑手趁猖奸"，"更待何时震九天"比较费解，"阳阳"改为"变羊"，"撞羊"或"中招"，是否好些？

以上所说，谨供参考。

诗友回复：

本来有题目，叫《呼唤》，发时忘了。呼唤中药回归，救民于水火。用新韵写古诗词，可以吗？

我回复：

格律诗是中华民族的传统，既然写格律诗，则最好不用新韵。

说你这首诗里的"奸"字是用错韵了，或谓落韵了，是因为韵脚"奸"，应该为下平声【一先】里的字。

标题干脆改为《呼唤中医药》，是否可以？

诗友再写古诗：

杨龙云同学内兄拉我进醴陵市诗社，以龙舟为主题，我投了两首诗，特发来供你阅看指教：

《赛龙舟游子有感》

一

怀念爱国诗人屈原

屈子著离骚，荆人何自豪。

若非家国恨，岂会跃波涛？

二

梦里故乡龙舟赛

游子离家苦日多，心中犹记故乡河。

三湘四水千舟竞，梦里低吟屈子歌。

我的评说：

《怀念爱国诗人屈原》不错，意境高，音韵也好。

《梦里故乡龙舟赛》把"苦日"游子与屈子，故乡河，三湘四水龙舟赛牵连在一起，有些不太贴切。

诗友回复：

你说得是。

又闻布谷声

2023年6月22日

布谷，鸟名。身体黑灰色，尾巴有白色斑点，腹部有黑色黄点。初夏时常昼夜不停地叫。吃毛虫，是益鸟。多数布谷把卵产在别的鸟巢中。也叫杜宇、布谷或子规。见第七版《现代汉语词典》第323页第③条。

幼时生活在农村，在田野村庄、青翠山林听到不停的"布谷，布谷"声，我总是喜悦不止，常循声追去偷看布谷欢唱。

少年后生活在城市，拥挤堵塞，空气污染，听不到那种不停欢唱的"布谷，布谷"声，对布谷很怀念。

今天早晨在金汇园这块城市闹区，又听到熟悉的"布谷，布谷"声，在我家窗外不停地传响起，很动听，感到很亲切。人和动物又自然相处，回归到绿色自然环境。人类明智了，社会进步了，值得庆幸！

唱歌的功能

　　我自幼不会唱歌，但很喜欢听别人唱歌，也很喜欢欣赏无线广播、电影和舞台演出中的歌曲，常常在行走或做事时哼唱这些歌曲。

　　很多年前我就收藏和购买了不少歌本。

　　有在20世纪60年代我在大学求学时收藏的，湖南师范学院学生会编的《师院歌声》第二期、第三期。有在我退休后购买的2022年9月蓝天出版社出版的秦川编的《百唱不厌难忘的歌》，2002年12月现代出版社出版的孟欣主编的《影视歌曲》。在《百唱不厌难忘的歌》扉页，我题写了以下文字：

　　"2003年6月26日晨练后，以十元钱购于人民路立交桥西北面车站路启明书店，缘由其内第348页有老歌

《泉水叮咚响》。余曾无数次为襁褓中的孙女扬阳哼唱这首歌，然而就是不知其歌词内容。如今有了这本书，吾可'学舌'矣！更喜本书第353页有电影故事片《闪闪的红星》插曲《红星照我去战斗》，这是孙女扬阳的爸爸，长子健健幼时唱得最棒的一首歌曲。"

先父邹宗季生前也很喜欢歌曲。记得20世纪50年代他在省公安厅工作时，亲手抄录了一本厚厚的歌词集，里面有《东方红》《没有共产党就没有新中国》《保卫黄河》《南泥湾》《浏阳河》等百唱不厌、至今难忘的歌。也许喜爱听歌和唱歌是我们家的遗传。

近来我发觉自己无意中唱唱这些歌曲时很开心。原来唱歌和大画家黄永玉一生特有的豁达开朗笑声一样，能使人心怀开阔、延年益寿！早两年我看过一个视频，讲述原湖南省委书记熊清泉，逝世前常坐在湖南省委蓉园湖水边高唱民歌《浏阳河》，颐养天年的情景，使我深受鼓舞。

现在我仍然不会唱歌，仍然唱得很难听。但今后我也要像熊清泉书记那样，经常大声歌唱、高声唱歌，深深感受生活的快乐、生活的美好，以安度晚年。

唱歌：动词。见第七版《现代汉语词典》第439页。

本文标题中的"歌唱"系动词名化。

　　功能：事物或方法所发挥的有利的作用；效能。见
第七版《现代汉语词典》第454页。

唱支山歌给党听

2023年7月1日

    1980 年 6 月 23 日，我被批准加入中国共产党，至今党龄 43 年了。

    我有唱歌的爱好。今天清晨，我站在金汇园西边山坡上，看到东边朝霞满天，山下房舍鳞次栉比，山坡树木青翠茂密，祖国一派繁荣昌盛的景象，想到今天是建党 102 周年纪念日，想到自己与雷锋是同一时代的人，想到自己与雷锋是湖南老乡，想到雷锋最喜爱的歌曲《唱支山歌给党听》，想到 6 月 23 日中共长沙市委组织部发来彩信，祝贺我的政治生日，我兴奋激动，不由自主地大声唱起了《唱支山歌给党听》。我越唱越兴奋，唱了一遍又一遍。歌声可能传到了很远的地方，山坡下有的人可能都听到了。

    之后，有园区的邻居好友对我说："今天早晨是你在山坡上歌唱吧？真感人，真开心！"有一个与他爷爷一起在院子里散步的小学生，是个男孩子，看见我顽皮地对我唱了一句"唱支山歌给党听"，然后大声笑着跑了，我和他爷爷也哈哈大笑起来了。

接着，我回忆起 2020 年 8 月 14 日清晨，站在金汇园西边山坡上，看到祖国一派繁荣昌盛的景象，也是兴奋不已，写过一首七言绝句，收录在拙书《荷塘诗词选》第 268 页。诗曰：

东方旭日放光芒，田野山河换新装。

众鸟欢歌齐展翅，辉煌万物共荣昌。

今天，在庆祝建党 102 周年纪念日的时候我要说，我不但要常常唱《唱支山歌给党听》，今后还要把《没有共产党就没有新中国》《五星红旗迎风飘扬》《社会主义好》《祖国赞美诗》等歌曲唱好、唱响！经常唱、时常唱！

携手人生

2023年7月26日

今天清晨，我在星城中心医院极负盛名的老年医学科花园散步，看到极为动人的一幕：

一位身材高大的老年男士，右手牵着一位老年侏儒女士，也在散步。女士的身高不及男士的胯骨。那位男士右手不停地用蒲扇为女士扇着风。

女士手腕戴着住院腕带，很明显是住院病人。而那位男士呢，是女士聘请的陪护人吗？从逻辑上看，应该不是。因为一位老年特矮侏儒女士聘请陪护人，绝不会聘请一位身材高大的老年男人！

从他们相互手牵着手的亲密神态看，应该是一对夫妻，而且是一对幸福、恩爱的夫妻！

看到这一幕动人的景象，我不禁想到我国著名书法家启功先生夫妇的故事。

据不少书籍和视频传说，启功先生是清朝帝王的子孙。他的婚姻是皇室为他包办的，女方姓名为章宝琛，不但文化素养没法与他相比，而且年龄还比他大了几岁。

在最开始的一些年，启功先生对他的妻子章宝琛很冷漠。但启功先生的妻子对他一片真挚情感，对他很关爱，无私地不辞辛劳地料理他的饮食起居，支持他练字和写书，使得启功先生在书法和创作事业上获得了明显成功。启功先生很感动，对他妻子开始热情起来了。

特别是在 20 世纪 70 年代，启功妻子冒着生命危险，把他往常书写的大量价值高昂的字幅埋藏在地下保护起来了，这使得启功先生在她去世后有了优厚的经济保障。启功先生为此感动得痛哭流涕，不断地写了大量诗词悼念她。

在启功先生的妻子去世的 40 多年里，有不少优秀女士千方百计地想嫁给他。但启功先生通通婉言谢绝了。他说，任何女士已不可能占有他妻子在他心中的位子。

据说启功先生去世时，还嘱咐人将他的骨灰与他的妻子合葬在一起，实现了与他的妻子生死携手相伴的愿望。

启功先生夫妇的动人故事，和上面星城老年医学科清晨花园里一幕动人的景象，也许可以使一些在婚恋问题上有些误解的人受到以下启迪：

幸福的夫妻关系不在男容女貌，不在财富和地位，而在真挚情感，相互恩爱，携手人生。

笑对生死

7月20日，我因高血压和高血脂病，入住星城中心医院老年医学科治疗。

疫情时候，强调增强免疫力，我便多吃乱吃，导致体重增加，身体发胖，行走腿脚无力，口渴多尿，我怀疑自己是否得了糖尿病。

医生将我这副恰似残破不全的身躯全面检测了一遍，并进行精心细致的治疗。

对我怀疑自己有了糖尿病的猜测，医生没有否定，而做了认真检测。用的是检测糖尿病的金标法，叫作24小时尿蛋白检测。

结果查出我确实患有糖尿病，成了完全的"三高"人员，即高血压、高血脂、高血糖人员。

还查出我体内缺钾。缺钾会加重我的冠心病，行走时腿脚无力。必须服用补钾的药物，那种药很难吃。

医生开出的药物和治疗方法，好似向汽车的油箱加注的汽油，给我的身体增强了动力。

究竟哪天能出院，现在还不能确定。但我没有什么顾虑。

我已 83 岁，早已退休。于国于家，我已全力尽责。退休后，晚年幸福美满，无牵无挂。

哪一个人都不会是神仙，不会长生不老。谁都难免有这种或那种疾病。人人都会面对生存和死亡问题。人生自古谁无死，只要死而无憾，就是美好人生，就可笑对生死。遇到死亡问题，从容淡定，就能如常生活。

只要我这副犹如向油箱加注了汽油的残破不全的身躯能再"行驶"几公里，多熬三年两载，我就很知足、知福了！

欲速则不达

2023年7月28日

我经历的两件事，给我的印象很深刻，可吸取的教训很沉痛。

2012年下学期，孙女扬阳和孙子嘉玮都被星城雅礼实验中学录取，而且被编在同一个班。

到2015年上学期，他们都要初中毕业了，学习很忙。一天晚上8点左右，我给住在次子康康家照料孙子的老伴送药品，并计划在当晚9时公交车停运之前赶回长子健健家照料孙女扬阳，时间很紧，心情很急。

当时，长子家前面的公交车停靠站光线很暗。一辆公交车已启动开走，我急忙追赶并大声呼喊："慢点，还有人要上！"但公交司机并没有听到呼喊，继续向前开动，把我刮倒在地，我险些被轧死。

马路人行道上和公交站台有许多人呼叫："停车，

停车！挂倒人啦！"公交车司机急忙停车，走下来把我扶起，向我道歉，查看我的伤势，问我要到哪儿去，说他的车子可搭载我去。我虽然没冲司机生气，但已吓得说不出一句话！

1982年暑假，我和老伴从醴陵六中被调到醴陵四中任教。当年下学期9月份一天晚上8时左右，老伴陪我推着一辆自行车，一起去看望我的入党介绍人史有余。

史有余先生是抗美援朝时期志愿军政工人员，爽朗、公道、正直、仗义，为人处事注重讲道理。他1978年转业到醴陵六中当副校长，1980年调到醴陵政府部门工作，住在城关镇西山史家老屋，我对他很钦敬。所以我们夫妇调来醴陵四中后，首先想到的就是去看望他。

我和老伴梅家庆走到校门口马路左侧围墙边的时候，一辆货车向我们直闯而来。当时夜色初降，光线还不是很暗，而该货车违规，没有打开车前行驶灯。

我急忙甩开自行车，拉着老伴跳上路旁围墙下一处基建垃圾堆上。那辆货车冲到垃圾堆前被挡住停下来了。只听见周边许多人大声呼喊："不得了，不得了！压死人啦，压死人啦！"原来那辆发了疯一样直闯的货车，把当地生产大队一个年轻电工压死了。我手牵着老伴站在垃圾堆上，又一次被吓得一句话也说不出来！

据说那辆货车的驾驶台边还坐着一个更年轻的女孩。这个货车司机急着要去城关镇办一件事，结果闯下大祸！

后来，这个货车司机被交警带走拘留，去城关镇办的事情当然没办成，还接受了法庭的审判，为那位死难的年轻电工赔偿了不少费用。

上面这两个故事，说明客观事物都有它自己的发展规律、既定流程。人类只有顺应它的规律和流程，去行动和操作，才能成功。性急、违反它的规律和流程就会有沉痛教训。1987年那个货车司机违规驾驶货车，2015年我违规抢搭公交车，都是因为太着急，结果引出了灾祸。"欲速则不达"！

理性对待手机信息

2023年7月29日

当今网络发达，手机信息繁多，铺天盖地而来。

有的人痴迷手机，清早刚起床就忙着摆弄手机，吃饭摆弄手机，走路摆弄手机，与人说话办事摆弄手机，蹲厕所摆弄手机，晚上要就寝了还要摆弄一会儿手机！

这些人，如此痴迷手机，长此以往，不仅浪费了大好时光，还会落下一大堆疾病，如颈椎病、腰椎劳损病、神经衰弱、视力下降，等等。

我的看法是，手机上的信息，不少纯粹是吸引眼球、赚流量骗钱。如保温杯不能泡这个东西那个东西，否则死路一条；晚上千万不要洗衣服，洗了祸害无穷；还有这种蔬菜那种蔬菜不能放冰箱储存，否则祸害深重，等等。有的信息表达的是同一个内容，却用不同版本反复发布。还有的信息和电话是欺诈骗取钱财。这种手机信息和短信或电话，公安部门都早有公开提示，告诉人们要警惕，不要上当受骗。对这些提示，要熟悉，要当心。

因此，对那些痴迷于手机信息的人，我有如下几条建议：

1. 如一时工作需要或正在办某一件事情，可以随时查看手机信息和短信或电话。

2. 每天固定一段时间翻看手机信息，每次不超过半小时。

3. 对那些同一内容，用不同版本反复发布的信息，认真看一个版本就行。其他版本瞄一下标题就行了，不要浪费时间。

4. 对那些欺诈骗取钱财的信息和短信或电话，一律不要理睬，可以选择报警。

K1178次列车

2023年8月11日

　　昨晚收看了央视《新闻联播》报道 K1178 次列车的事，一夜都在想着那动人的情景，大为感动，深受鼓舞！

　　由银川始发的 K1178 次列车，于 7 月 29 日开始驶向北京丰台站。一场突如其来的暴雨，让列车紧急停靠、滞留在距北京 64 公里的沿河城站。随着路基被冲毁、雨量越来越大，车上 841 名乘客经历了 72 个小时的艰难考验。K1178 次列车副列车长苗青回忆说："当时我身边有着急去北京看病的，也有着急回去上班的，大家都觉得很突然。"

　　随着时间一分一秒地过去，雨越下越大，泥石流淹没了轨道。31 日上午，车厢内通信中断，旅客与家人断联，再加上车厢食物的供给不足，车厢里旅客紧张、焦虑的情绪波动巨大。

国铁兰州局银川客运段北京车队副队长倪鹏回忆："我们当即决定，召集车厢里党员和军人，成立临时党支部。通过广播，不到十分钟，就有四五十名党员汇聚在餐车。我对他们说，希望咱们待会能够众志成城，克服我们当前的困难。"

一个警大教师也加入列车应急临时党支部，成立应急组，组织全车人员脱险。

刚刚成立的临时党支部，面临的第一个考验，就是列车断粮。经过向周边车站求援，党支部为全车 841 名旅客争取到了两袋大米和两袋白面。31 日中午，在党员的带动下，车上的乘客和工作人员一起生炉做饭。在 3 个小时之内，一碗碗面片汤为旅客送去了慰藉和温暖。

K1178 次列车乘客感动地说："他们自己都不吃不睡，想着大家，就为了让我们旅客能过得稍微舒心一点。"

在 K1178 次列车上，党员值班员马紫薇在列车滞留的 50 多个小时里，为旅客一遍又一遍地做心理辅导，嗓子越来越嘶哑。

马紫薇回忆说："一位大哥过来跟我说，金嗓子你在这啊，哎呀，你辛苦了。我就问他，怎么我还多了一个外号，他直接跟我说，你每个车厢地去宣传，讲得挺好的，嗓子也沙哑了，所以就叫你金嗓子。"

在暴雨中滞留了 50 多个小时的 K1178 次列车，8 月 1 日下午，迎来了救援。救援直升机在空中盘旋，大家一次次地从泥泞的河床和洪水的边缘，把空投的救援物资抢救上岸、运回车厢。

8 月 2 日的 12 点 40 分，在相关部门的全力救援下，K1178 次列车的旅客乘坐 57007 次救援列车，顺利离开沿河城站。

K1178 次列车乘客任学静回忆说："我作为一个党员，挺欣慰的。我感觉我们的党很伟大。"

今天上午又收看了网上这些详细而动人的文字报道后，我也在想："我们国家为什么能日益强盛？我们党为什么在人民心中有这么崇高的威望？就是因为有无数忠诚的共产党员！"

我还想到：现在我们一家有五个共产党员，都应该向 K1178 次列车应急临时党支部的党员和军人们好好学习，"让党旗在基层高高飘扬"！

想聘请一位生活助理

今天，农历八月十九，我已是 82 岁了。体衰多病，到 2026 年 85 岁时，肯定会行动困难，办事艰难，到时想聘请一位生活助理。

老伴也已衰老，需要该助理在生活上同样给予老伴一些帮助，如：帮老伴洗晒衣物，陪同老伴散散步。

不称呼其为保姆，但可按市面保姆工资待遇支付，包住宿和餐饮。女性男性都可以，年轻小伙子或年轻女孩也可以。但不承担他养老保险金和医疗等费用的支付。

该助理主要工作是帮助我料理每天早晨服用药物，准备洗漱等物品，以便我集中精力在上午十点钟之前在电脑上敲打 1000 字左右，完成我一生中计划的写作项目。其他时间我安排习字和自由活动。

在我每天习字和自由活动这段时间内，该助理可以

任由其在我家自由安排：阅读书籍报刊，操弄电脑，学习进修，看电视，娱乐玩耍，都行。

不知到时能不能聘请到合适的生活助理？

读《艺海情怀》

2023年9月5日

最近，在网上看了许多有关鲍国安先生自传《艺海情怀》一书发布会的视频和文字报道，我忍不住在淘宝购买了这本书。阅读时，鲍国安先生书中的尊贵情怀，深深地感染着我。

今年77岁的鲍国安先生是影视演员，在演艺界成就很高。他因1990年在中央电视台大型历史剧《三国演义》（八十四集）中饰演曹操，1997年在《鸦片战争》中饰演林则徐而家喻户晓。作为自传《艺海情怀》，他可写的东西太多了。

但诚如武汉市弦动力信息技术有限公司雷顺女士在朋友圈发表感言：“鲍国安老师在他的书里，没有谈自己，没有谈演艺成就，而是感谢陪伴他一生的好人！”

每个人都在人生道路上艰难地走过，欢乐地走过。

一路上，既有在困境时的贵人相助，也有顺境中的谦卑奋斗。我们每个人都应该有尊贵的情怀。对困境时遇到的贵人要感恩，对自己在顺境中的谦恭奋斗不必炫耀。在这方面，尊敬的鲍国安先生是我们学习的榜样！

越有这种尊贵情怀，在人生道路上就能越有成就。

以下这些故事都是网络和书籍中流传的，有些是老师们和同学们在我上学读书时向我讲授的。大家不妨认真一阅，也许对大家的人生成长有帮助。

全球著名自传体长篇小说《钢铁是怎样炼成的》主角保尔·柯察金有一段名言说：

人最宝贵的东西是生命。生命属于我们只有一次。人的一生应当这样度过：当回忆往事的时候，他不为虚度年华而痛悔，也不为碌碌无为而羞愧。在临死的时候，他能够说："我的整个生命和全部精力，都已经献给世界上最壮丽的事业：为人类的解放而斗争。"

这是多么崇高的情怀！作者奥斯特洛夫斯基在写这部小说时只有手腕能活动，眼睛又看不见，一身骨关节病和伤残疼痛难忍，写字很吃力，也很慢。他躺在床上先构思整部书的轮廓，并把每章每节想好，再由他口授，妻子亚拉为他记录。时间长了，这也不是个办法，一旦妻子不在他就写不了啦。于是他请人用硬纸板做了一个框子，在上面刻成一个个方格，把稿纸放在下面，然后用手摸着框子自己写。夜深了，只有他房间里传出写字的沙沙声。他不需要光，只要大脑和手就够了。他不停地写下去，写好一页就用僵硬的左手颤颤抖抖地抽出一页。为了避免一行字写到另一行里，他的铅笔从来不离开纸。每天清晨，当妻子醒来，写好的稿纸已散落一地。她赶忙帮他拾起来理好。这时，妻子发现，睡着的奥斯特洛夫斯基嘴唇上有一层淡淡的血痕。显然，这是为了抵抗病痛的折磨，忍痛写作而咬出来的……

最后，《钢铁是怎样炼成的》这部名作，在作者奥斯特洛夫斯基这位钢铁革命战士的尊贵情怀下终于完成了！

文学艺术界的辉煌成就是在尊贵的情怀下产生的，哲学理论界也是如此。

古希腊的著名哲学家苏格拉底，不但才华横溢、著作等身，而且广招门生奖掖后进，运用著名的启发谈话启迪青年智慧。每当人们赞叹他的学识渊博、智慧超群的时候，他总是谦逊地说："我唯一知道的就是我自己的无知。"

哲学理论界的辉煌成就是在尊贵的情怀下产生的，科学技术界也是如此。

被人们称颂为"力学之父"的牛顿发现了万有引力定律。在热学上，他确定了冷却定律。在数学上，他提出了"流数法"，建立了二项定理和莱布尼兹，几乎同时创立了微积分学，开辟了数学上的一个新纪元。他是一位有多方面成就的伟大科学家，然而他非常谦逊。对于自己的成功，他谦虚地说："如果我见的比笛卡尔要远一点，那是因为我站在巨人的肩上的缘故。"他还对人说："我只像一个海滨玩耍的小孩子，有时很高兴地拾着一颗光滑美丽的石子儿，真理的大海还是没有发现。"

还有一位科学技术界的名人，也有许多动人的故事，那就是爱因斯坦。

有一次他在一所大学演讲，一位女生站起来问："你被誉为科学界的巨人，你认为自己是巨人吗？"爱因斯坦微笑着说："巨人并不是长得高大的人。大家看我如此瘦小，怎么能有巨人的形象呢？也许我看得远一些，那也只是因为我站得高一些而已！"

一个男生接着问："您提到比别人站得高一些，我想起不久前您在阿尔卑斯山的高峰之巅曾和一位女士长谈过一次。我不想问您谈话的内容，只想知道站在山顶的那一刻，您有没有意识到在科学史上自己也成了一座山峰呢？"爱因斯坦仔细地看了看发问的人，问："你看我像一座山峰吗？我这个人身高不管怎么站都成不了山峰。而且，没有一座高峰不是被人征服的，我们不要做高峰，而要做登上山顶的人！"说着，他拿起粉笔在黑板上写下一行字："站在山顶，你并不高大，反而更加渺小！"

最后爱因斯坦说，我可以告诉大家另一句话，这句话也是我在阿尔卑斯山绝顶之上对那位女士讲的最后一句："任何一座高峰都是可以征服的，世上从无巨人，只有站得更高的人！"台下掌声一片，而当年在阿尔卑斯山聆听爱因斯坦教诲的那位女士，正是有名的居里夫人。

回想到以上这些名人的故事，今天我怀着深深的激情，进而写下了这篇杂记——《读〈艺海情怀〉》。

书法重要心得

2023年11月23日

（一）最近看到有个书法视频说：心正笔正。人要有家国情怀，德行要好。人品是书法之道。人品不好的人，字写得再好，人们也是不欣赏的，他的字也不会被人们效仿。如历史上的秦桧、蔡京、严嵩，他们的字虽然写得不错，但他们的字并不流传。

（二）早两天看刘元春的书法视频，他有一段话说得很好，值得吸取。他说：

书法的关键是笔法，笔法的关键是运笔，运笔的关键是行笔，行笔的关键是中锋，中锋的关键是侧锋行笔，侧锋行笔的关键是要要运用好手指，手腕和手臂的转动！

（三）黑龙江美术出版社班志铭编著的《行书间架结构九十二法》第47页"习书须知"第六点说得好，要"点起点收"。这个要点须认真领悟，好好运用！

极妙字幅

2023年12月8日

今天上午收看了一个墨仁先生的书法诗篇，很有收获。

墨仁先生用苏东波主要模仿米芾字体，竖有行，横无列的方式，不用行草书牵丝带连笔法，而以字体的大小，斜正，大小，厚实，错落，形成字幅的美感，极妙！

墨仁先生著有模仿苏东坡用米芾字体书写的《创作集字》一书，里面全是关于爱国，山水，游仙，题画的诗词，值得购买阅看！

无惧于死

2023年12月9日

我行年83。一想到死，一想到当前这美好时光，还是有些留恋，有些恐惧！

如何战胜对死的恐惧？

我的方法是，不让自己的头脑闲着，不让自己的手脚闲着！该睡觉的时候，就安心地睡觉，该吃饭的时候就好好地吃饭，该阅看书籍报刊和收看电视的时候就愉悦地收看，该洗脸刷牙就洗脸刷牙，该上厕所就上厕所。日程很有规律，按部就班。

我习惯清晨起床之前在枕上想好当天要做的事情。起床做完某件事情后，接着就想怎样把下一个事情做好。如多余的一条小板凳摆放在哪里最好，日记中的那一句话如何改一下最贴切，书法习练中的哪一个点画如何修改一下最好。这样，就能充实地把一天过完，过好，第二天又如此，周而往返。生活很刻板。

　　我曾写过一篇题为《人生就是爬楼路》的七律诗。诗曰："美好风光在上方，电梯载人太繁忙。选择难走登楼路，努力攀爬意气昂。人世本来争先赛，胆略确实取优章。高明哲理深深悟，避免拥挤胜利尝。"只要不停地踏踏实实地在爬楼路上攀登，就会有所收获，就不会老是想到死的问题。

　　美国基幸格活了一百岁。他死后，有人评说他长寿的原因之一是不停地工作，永不退休，有存在感。

　　有爱好，有情趣，希望就不会失灭，就会感到生活充实。残年我热衷书法习练和文学创作，这就是我的情趣。今后我要更自觉地更努力地为热心的读者们写作，为他们服务，让生命充实，有意义，有存在感，直至心脏停止跳动。

　　这就是我的《无惧于死》！

恩师张锡祺

2024年1月31日 于星城金汇园

我自幼随母下堂，漂泊辗转，家庭环境不好。虽然妈妈带着我辗转各地，在多所小学上过学，但我仍然对上学读书感到迷茫、懵懂，不知读书有何用，无心向学，对就读学校的老师也没有什么印象，张锡祺老师却在我的读书生涯中留下了浓墨重彩的一笔。

张锡祺老师是我在株洲铁一小的班主任，教我的语文课。她原来是沈阳铁路部门一个小学的教导主任，她的先生是沈阳铁路部门的工程师。后来她先生调来株洲支援铁路部门工作，她就跟随着一起调到株铁一小教书。当年她教我语文课的时候大约40岁，方方正正的脸庞。我对她感受最深的是她很爱学生，对每个学生都很有耐心。

我在株铁一小读书时，因为家庭很贫困，课余要带同母异父的弟弟、妹妹玩耍，还要做力所能及的日常劳作，比如种植蔬菜，我需要隔三岔五地到公共厕所挖掏大粪给蔬菜施肥。家庭的贫困让我养成了倔强的脾性，当时一些家庭宽裕的同学鄙视、瞧不起我，常常无事欺负我。有一次我中午放学回家吃饭，路过一口水塘，几个其他班级的同学拦住我的路，对我推推搡搡，不让我走。我一时气不过，抓住其中一个同学的衣领想把他甩到水塘去。正好这时张锡祺老师赶来了，把我拉开，她先是狠狠批评了那几个同学，然后送我回家，把我交给我母亲，并温和地我母亲说："这孩子脾性太冲，以后要好好改一改。"

张老师教我们语文课那年，正是抗美援朝时期。她经常给我们讲中国人民志愿军英雄的事迹。有一次，她给我们布置作业——给中国人民志愿军战士写慰问信。我在信中写到，我的字一直写不好，很丑，今后我一定努力学习，把字写规正。张老师将我写给中国人民志愿军战士的信在语文课上兴奋地宣读评讲，这件事使我极受鼓舞。

自那以后，我在学校表现很积极，努力争取加入少先队。每次轮到我卫生值日，我总是认认真真地清扫教室地面，擦抹桌椅，即使天黑了，没打扫完我也不回家。

每逢这时，张老师担心我害怕，总会借着检查值日情况来陪我，然后送我回家。不久后，我光荣地加入少先队，她亲自为我戴上红领巾。

1954 年冬天，我来到长沙，在父亲邹宗季工作的地方继续读小学。没过几年，张锡祺老师的先生调到长沙铁路分局工作，她也被调到长铁一小教书。1955 年下学期，我进入长沙市第六中学读初中，也是在那时，我爱上了文学，在课余读了大量的文学书籍和文学刊物，甚至读了不少大学中文系的文学理论课本，我当时的理想是考上一个好大学，读中文系，然后毕业了从事文学创作。

1966 年，我大学毕业后，一直在醴陵偏远的六中教书。那个地方教育不发达，1978 年，我托张锡祺老师将我七岁的长子邹健转到长铁一小学习，她毫不犹豫地帮我解决了这件事。1978 年，我和老伴梅家庆一起被调回长沙第二十九中教书，那时张锡祺老师已退休将近十年。

1993 年，我从长沙市二十三中调到长沙市八中担任校长，当时我的压力很大，身体状况欠佳。张锡祺老师不分天晴或下雨，常常带着一把弯把的黑色布伞坐在校门口等着看我，全校的老师都为之感动。她了解我的工作情况后，更是耐心地给我鼓励和建议。记得在那段时间，张锡祺老师深情地对我说过，一是她跟随丈夫调动太频繁，二是自己努力争取不够，所以一直没有加入中国共产党，这是她的一大遗憾。所以她经常热忱地勉励我要十分珍惜共产党员的光荣称号，克服一切困难，努力把工作搞好。她的话使我深受鼓舞。

2008年，张锡祺老师的先生已去世多年，她自己也已87岁。她的儿子王琪打电话跟我说她中风瘫痪在床，住在她女儿王君家，行动不便，且不能清晰地说话。我得知这一情况很难过。那一天，我捧着一大束鲜花到她女儿王君家去看望她。她见到我，激动地颤抖着嘴唇，含糊地说了一声："克斯，你来啦！"接着情不自禁地落下眼泪。我强忍着悲伤，说："张老师，别激动，别激动！"那天我满腔感慨，最终只能依依不舍地离开了张老师女儿王君家。没想到，这竟是我与敬爱的张锡祺老师的诀别。

回想当年，1962年我被湖南师范学院中文系录取后，心中是不满意的。毕业后我成了职业教师，也是不安心的，甚至多次想辞职去搞文学创作，或去出版行业谋求出路。后来在张老师榜样力量的指引下，我终于沉下心来，努力当好一个人民教师。而今我也是桃李满天下，我想，如果恩师张锡祺泉下有知，应该会感到欣慰。

　　最后我要说的是，1994年，张锡祺老师80岁时，我和她在照相馆拍了一张合影。后来她的儿子王琪找到我，说那张合影拍得太好了，希望我把照片送给他做纪念，我当时很大方地给了他。至今，我感到有点遗憾，因为我看不到那张合影了，心里总像是缺了点什么。

代后记

与雁城学友何寅初微信

我给何君寅初的微信：

寅初君：

下午好！我的《蜻蜓情怀》已写到92篇，争取写到一百篇搁笔。当然，如果身体尚可，精力还济，也许我还会继续写若干篇。

二十多年以来，我有脑萎缩和脑梗死疾患，为了预防痴呆，充实晚年生活，养成了写日记的习惯。日记里面有人生感悟、旅游随笔、往事回忆、日常杂事、诗词歌赋，无所不写，近30册，60万字。

我说过，我是把诗词当日记、当自传写的，是给自己和家人看的，并不想赠人。但我的诗词写够篇数，肯定是要赠送一本给你的。再者，我以前似乎对你说过，我的诗词写满后，想请你为我写一篇序。

现在我考虑，一则你身体衰弱，精力不足，强行要求你把我的诗词读完后写序言似有不妥，二则知我者寅初也，我的诗词本来与你的唱和就比较多，你给我的不少赠诗本来就是最美不过的序言，所以我挑选了你给我的二首赠诗作为"代序"，不知你以为如何？请回复。

地球持续发烧发疯，一两个月以来干旱无雨，炎热难耐，望你多多保重！

蜻蜓克斯鞠躬

2019 年 8 月 18 日下午 3 时 06 分

何君寅初回复的微信：

（一）克斯君：承蒙不弃，将我与您唱和之作收入你的《蜻蜓诗词选集》中，甚谢！您这样处理，很好！我身体不佳，难以为君《蜻蜓情怀》写序言，锦上添花，施以援手。就以我给君的赠诗放在尊书结尾作为后记吧。为丰富大作，建议君选择部分书法作品列入其中。

秋老虎太凶，我这属羊的入了虎口，在劫难逃。盼君多保重！

2019 年 8 月 18 日下午 3 时 24 分

（二）克斯君：你既然用拙诗作为大作的后记，我建议将拙书《老荷吟》作第 78 页《赞蜻蜓》那首诗选入。即"吟坛砚友是蜻蜓"诗。因拙诗概括了你写作诗词用韵极严的特点。当否？请酌。

2019 年 8 月 19 日早晨 6 时 59 分

我回复何寅初的微信：

好的。我忽略了你这首赞歌，不好意思！我马上加进去，后记共为三首。

2019 年 8 月 19 日上午 9 时 23 分

附：雁城学友何君寅初赠诗

（一）读蜻蜓《重游雁城》诗

故地重游感慨多，旧颜已逐东逝波。

琼楼广厦连天宇，改革潮头奏凯歌。

2019 年元月 18 日

（二）采桑子·蜻蜓戏水雁城南湖公园

南湖雨后风荷举，菡萏飘香，蝶乱蜂狂，戏水蜻蜓乐
未央。呼朋结伴晴方好，湖畔吟芳，对酒飞觞，一片笙
歌醉夕阳。

2019 年 2 月 22 日

【雁城】湖南省衡阳市。

（三）赞蜻蜓

吟坛砚友是蜻蜓，中矩中规求仄平。难得韵书悟深透，和诗依次用分明。

2019 年 4 月